樋口　一葉
ひぐち いちよう

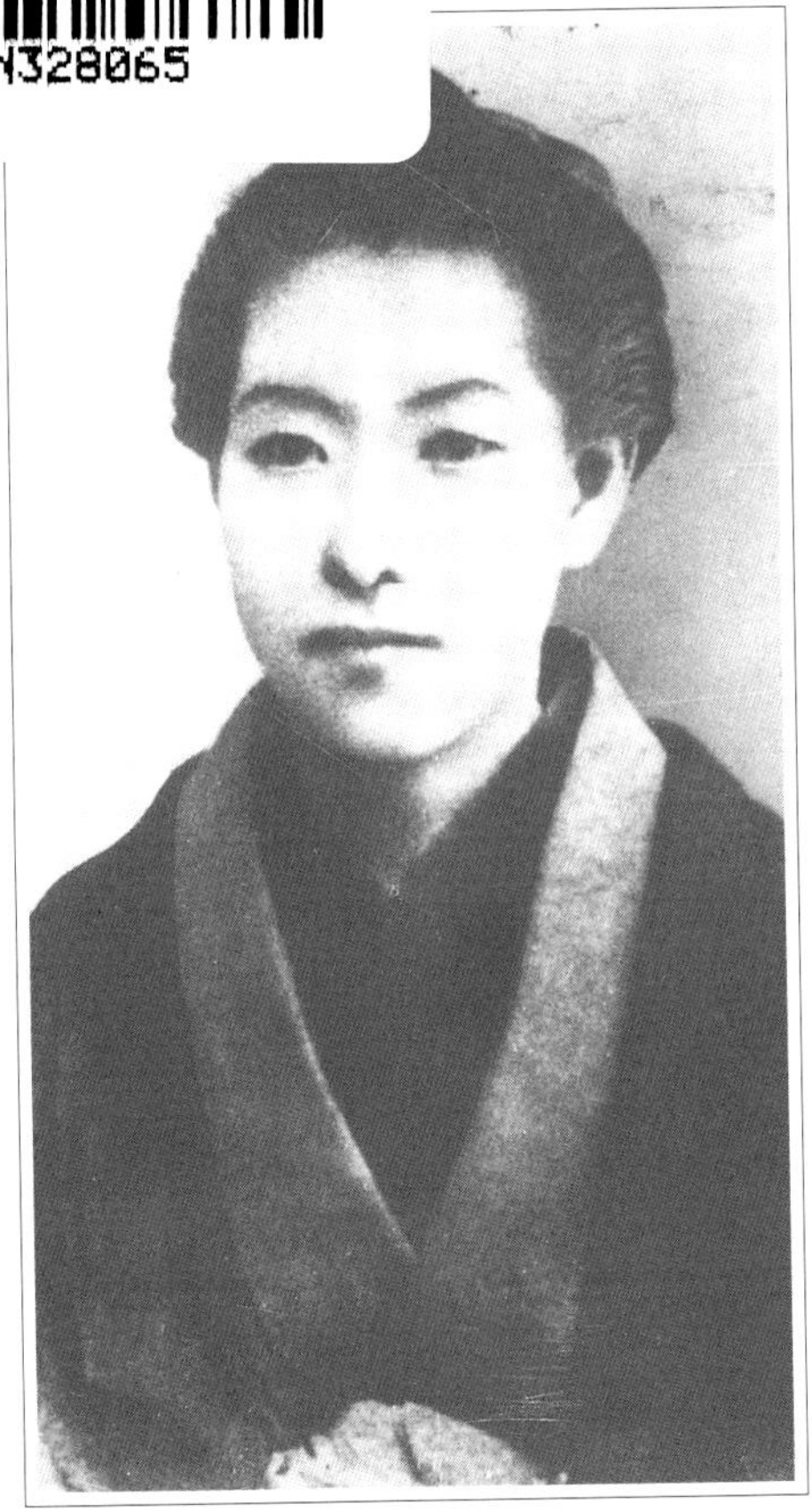

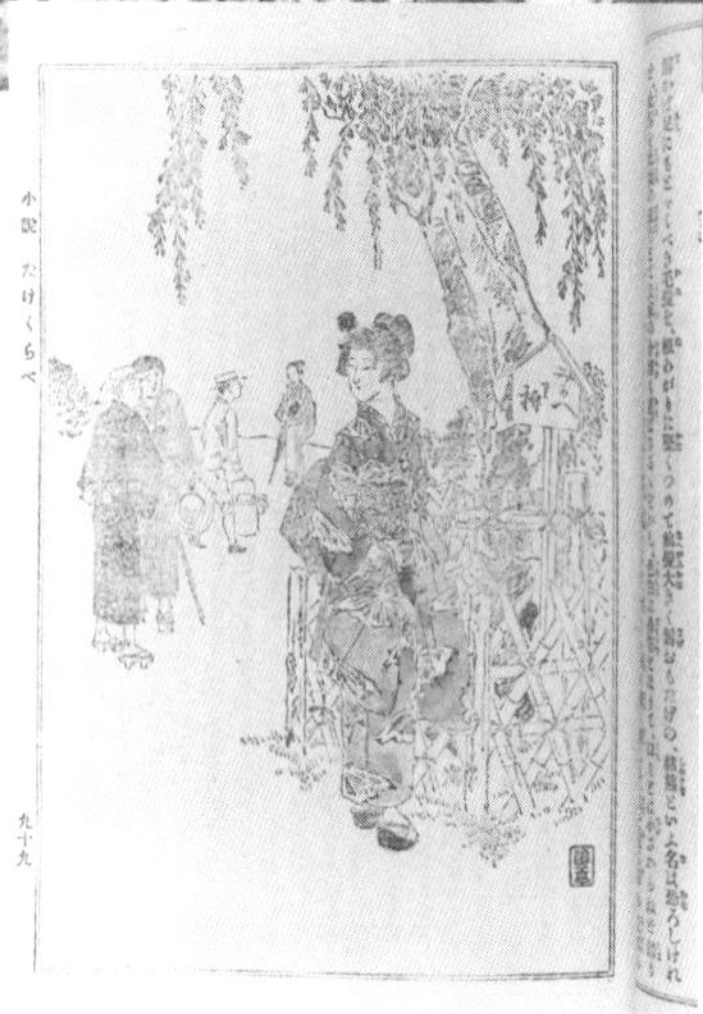

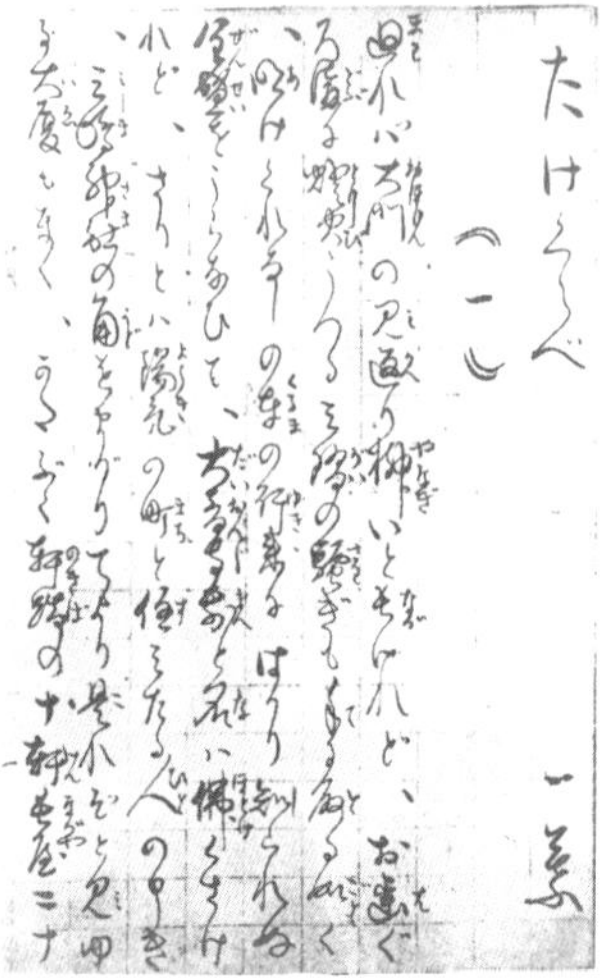
たけくらべ（一）　一葉

廻れハ大門の見返り柳いと長けれど、お歯ぐろ溝に燈火うつる三階の騒ぎも手に取る如く、明くれなしの車の行来にはかり知られぬ全盛をうらなひて、大音寺前と名ハ仏くさけれど、さりとハ陽気の町と住たる人の申き、三島神社の角をまがりてより是れぞと見ゆる大厦もなく、かたぶく軒端の十軒長屋二十

❶映画『にごりえ』の中の「十三夜」

（文学座・新世紀映画社）

❷「たけくらべ」挿絵《さしえ》

（「文芸倶楽部《くらぶ》」1896年４月）

❸「たけくらべ」原稿

読んでおきたい日本の名作

たけくらべ・にごりえ ほか

樋口一葉

教育出版

目次

§〈注〉の見出し語に＊印のあるものは、資料ページ（178・179）も参照。

たけくらべ

（一）

まはれば大門《おほもん》の見返り柳《やなぎ》いと長けれど、お歯ぐろ溝《どぶ》に灯火《ともしび》うつる三階の騒《さわ》ぎも手に取るごとく、明けくれなしの車の行き来にはかり知られぬ全盛《ぜんせい》をうらなひて、大音寺《だいおんじ》前と名は仏くさけれど、さりとは陽気の町と住みたる人の申しき、三嶋神社《みしまさま》の角をまがりてよりこれぞと見ゆる大廈《いへ》もなく、かたぶく軒端《のきば》の十軒長屋《けんながや》二十軒長屋、商《あきな》ひはかつふつ利《き》かぬ処《ところ》とて半ばさしたる雨戸の外に、あやしき形《なり》に紙を切りなして、胡粉《ごふん》ぬりくり彩色《さいしき》のある田楽《でんがく》みるやう、裏にはりたる串《くし》のさまもをかし、一軒ならず二軒ならず、朝日に干して夕日にしまふ手当てことごとしく、一家内《いっかない》これにかかりてそれは何ぞと問ふに、知らずや霜月酉《しもつきとり》の日《ひ》例の神社に欲深様《よくふかさま》のかつぎ給《たま》ふこれぞ熊手《くまで》の下ごしらへといふ、正月門松《かどまつ》とりすつるよりかかりて、一年うち通しのそれはまことの商売人、片手わざにも夏より手足を色どりて、新年着《はるぎ》の支度《したく》もこれをば当てぞかし、南無《なむ》や大鳥大明神《おほとりだいみやうじん》、買ふ人にさへ大福をあたへ給へば製造もと

いと長けれど　たいそう長いけれど。「いと」は柳の「糸」とたいそうの意の「いと」をかける。

お歯ぐろ溝　吉原遊廓《よしわらゆうかく》の周りを囲む溝《みぞ》の通称《つうしょう》。

全盛をうらなひて　繁昌《はんじょう》ぶりが推《お》し量《はか》られて。

さりとは　そうは言っても。

大廈　大きな建物。

十軒長屋二十軒長屋　長屋のなかでも最下層のもの。

の我ら万倍の利益をと人ごとに言ふめれど、さりとは思ひのほかなるもの、このあたりに大長者のうはさも聞かざりき、住む人の多くは廓者《くるわもの》にて良人《をっと》は小格子《こがうし》の何とやら、下足札《げそくふだ》そろへてがらんがらんの音もいそがしや夕暮れより羽織引きかけて立ち出《い》づれば、うしろに切火《きりび》打ちかくる女房《にようばう》の顔もこれが見納めか十人ぎりの側杖《そばづゑ》無理情死《むりしんぢゆう》のしそこね、恨《うら》みはかかる身のはて危《あや》ふく、すはと言はば命がけの勤めに遊山《ゆさん》らしく見ゆるもをかし、娘《むすめ》は大籬《おほまがき》の下新造《したしんぞ》とやら、七軒《けん》の何屋が客まはしとやら、提灯《かんばん》さげてちよこちよこ走りの修業《しゆげふ》、卒業して何にかなる、とかくは檜舞台《ひのきぶたい》と見たつるもをかしからずや、垢《あか》ぬけのせし三十あまりの年増《としま》、小ざつぱりとせし唐桟《たうざん》ぞろひに紺足袋《こんたび》はきて、雪《せっ》駄《た》ちやらちやら忙《いそが》しげに横抱《よこだ》きの小包みは問はでもしるし、茶屋が桟橋《さんばし》とんと沙汰《さた》して、まはり遠《どほ》やここからあげまする、誂《あつら》へ物の仕事やさんとこのあたりには言ふぞかし、一体の風俗《ふうぞく》よそと変はりて、女子《をなご》の後ろ帯きちんとせし人少なく、がらを好みて巾広《はばびろ》の巻帯《まきおび》、年増はまだよし、十五六の小癪《こしやく》なるが酸漿《ほほづき》ふくんでこの姿《なり》はと目をふさぐ人もあるべし、所がら是非《ぜひ》もなや、昨

かつふつ利かぬ　全く立ちゆかない。

半ばさしたる　半分閉ざした。

彩色のある…　色のついた田楽を見るようで。

手当てことごとしく　大げさな扱《あつか》い方で。

例の神社　大鳥神社のこと。

8

人ごとに…　どの人もそう言うようだが。

廓者　遊廓《ゆうかく》で働く男女の総称《そうしょう》。

日河岸店《かしみせ》に何紫《なにむらさき》の源氏名《げんじな》耳に残れど、けふは地《ぢ》まはりの吉《きち》と手馴《てな》れぬ焼鳥《やきとり》の夜店を出して、身代《しんだい》たたき骨《ほね》になれば再び古巣への内儀《かみさま》姿、どこやら素人《しろうと》よりは見よげに覚えて、これに染まらぬ子供もなし、秋は九月仁和賀《にわか》のころの大路《おほぢ》を見給《みたま》へ、さりとはよくも学びし露八《ろはち》が物真似《まね》、栄喜《えいき》が処作《しよさ》、孟子《まうし》の母やおどろかん上達の速《すみ》やかさ、うまいと褒《ほ》められて今宵《こよひ》も一まはりと生意気は七つ八つよりつのりて、やがては肩《かた》に置手《おきて》ぬぐひ、鼻歌のそそり節《ぶし》、十五の少年がませかた恐《おそ》ろし、学校の唱歌にもぎつちよんちよんと拍子《ひやうし》を取りて、運動会に木やり音頭《おんど》もなしかねまじき風情《ふぜい》、さらでも教育はむづかしきに教師の苦心さこそと思はるる入谷《いりや》ぢかくに育英舎《いくえいしや》とて、私立なれども生徒の数は千人近く、狭《せま》き校舎に目白押《めじろお》しの窮屈《きゆうくつ》さも教師が人望いよいよあらはれて、ただ学校とひと口にてこのあたりには呑《の》み込《こ》みのつくほどなるがあり、通ふ子供の数々にあるひは火消鳶人足《ひけしとびにんそく》、おとつさんは刎橋《はねばし》の番屋《ばんや》に居るよと習はずして知るその道のかしこさ、梯子《はしご》のりのまねびにアレ忍《しの》びがへしを折りましたと訴《うつた》へのつべこべ、三百といふ代言《だいげん》の子もあるべし、お前の父《とと》さん

小格子　格の低い妓楼《ぎろう》。
がらんがらんの音　下足札を打ち鳴らす音。
十人ぎりの側杖　殺傷事件の巻きぞえ。
遊山らしく…　物見遊山であるかのように気楽に見えるのも。
大籬　最も格式の高い妓楼。
下新造　遊女の雑用をする女。
七軒　大門から江戸町一丁目までの間

は馬だねへと言はれて、名のりや愁《つ》らき子心にも顔あからめるしほらしさ、出入りの貸座敷《いへ》の秘蔵《ひざう》息子《むすこ》寮《れう》住居《ずまひ》に華族《くわぞく》さまを気取りて、ふさ付き帽子《ばうし》面《おも》もちゆたかに洋服かるがるとはなばなしきを、坊《ぼつ》ちやん坊ちやんとてこの子の追従《ついしよう》をするもをかし、多くの中に龍華寺《りゆうげじ》の信如《しんによ》とて、千筋《ちすぢ》となづる黒髪《くろかみ》も今いく歳《とせ》のさかりにか、やがては墨染《すみぞめ》にかへぬべき袖《そで》の色、発心《ほつしん》は腹からか、坊《ばう》は親ゆづりの勉強ものあり、性来《せいらい》おとなしきを友達いぶせく思ひて、さまざまの悪戯《いたづら》をしかけ、猫《ねこ》の死骸《しがい》を縄《なは》にくくりてお役目なれば引導をたのみますと投げつけしこともありしが、それは昔、今は校内一の人とて仮にも侮《あなど》りての処業《しよげふ》はなかりき、歳《とし》は十五、並背《なみぜい》にていが栗《ぐり》の頭髪《つむり》も思ひなしか俗《ぞく》とは変はりて、藤本信如《ふぢもとのぶゆき》と訓《よみ》にてすませど、どこやら釈《しやく》といひたげの素振《そぶ》りなり。

（二）

八月廿日は千束《せんぞく》神社のまつりとて、山車《だし》屋台に町々の見得《みえ》をはりて土手をのぼりて廓内《なか》までも入り込《こ》まんづ勢ひ、若者が気組《きぐ》み思ひやるべし、聞きか

にあった引手茶屋。

客まはし　遊客の周旋《しゆうせん》をすること。

檜舞台と…　晴れ舞台のように見立てるのも。

問はでもしるし　尋《たず》ねなくとも明らかである。

とんと沙汰して　トンと音を立てて合図をして。

誂へ物の仕事やさん　着物の仕立てを引き受ける女性。

一体の　辺り一帯の。

がらを好みて

じりに子供とて由断《ゆだん》のなりがたきこのあたりのなれば、そろひの浴衣《ゆかた》は言はでものこと、銘々《めいめい》に申し合はせて生意気のありたけ、聞かば胆《きも》もつぶれぬべし、横町組《よこちやうぐみ》と自らゆるしたる乱暴の子供大将に頭《かしら》の長とて歳も十六、仁和賀《にわか》の金棒《かなばう》に親父《おやぢ》の代理をつとめしより気位《きぐらゐ》えらくなりて、帯は腰《こし》の先に、返事は鼻の先にていふものと定め、にくらしき風俗《ふうぞく》、あれが頭《かしら》の子でなくばと鳶《とび》人足《にんそく》が女房《にようばう》の陰口《かげぐち》に聞こえぬ、心いつぱいにわがままを徹《とほ》して身に合はぬ巾《はば》をも広げしが、表町《おもてまち》に田中屋《たなかや》の正太郎《しやうたらう》とて歳は我に三つ劣《おと》れど、家に金あり身に愛嬌《あいけう》あれば人も憎《にく》まぬ当の敵《かたき》あり、我は私立の学校へ通ひしを、先方《さき》は公立なりとて同じ唱歌も本家のやうな顔をしをる、去年《こぞ》も一昨年《をととし》も先方には大人の末社がつきて、まつりの趣向《しゆかう》も我よりは花を咲《さ》かせ、喧嘩《けんくわ》に手出しのなりがたき仕組みもありき、今年またもや負けにならば、誰《だれ》だと思ふ横町の長吉《ちやうきち》だぞと平常《つね》の力だては空《から》いばりとけなされて、弁天《べんてん》ぼりに水およぎの折も我が組になる人は多かるまじ、力を言はば我が方がつよけれど、田中屋が柔和《おとなし》ぶりにごまかされて、一つは学問ができをるを恐《おそ》れ、我が横町組の太《た》

派手な柄物《がらもの》を好んで。

所がら是非もなや　このような場所だから仕方がない。

河岸店　お歯ぐろ溝《どぶ》に面した最下級の妓楼《ぎろう》。

源氏名　店での遊女の名。

地まはり　その土地のやくざ者。

身代たたき骨に…　財産をすっかり無くしてしまうと。

仁和賀　吉原三大行事の

郎吉《ろきち》、三五郎《さんごらう》など、内々は彼方《あちら》がたになりたるも口惜《くちを》し、まつりは明後日《あさつて》、いよいよ我が方《かた》が負け色と見えたらば、破れかぶれに暴れて暴れて、正太郎が面《つら》に疵《きず》一つ、我も片眼《かため》片足なきものと思へば為《し》やすし、加担人《かたうど》は車屋《くるまや》の丑《うし》に元結《もとゆひ》よりの文《ぶん》、手遊屋《おもちやや》の弥助《やすけ》などあらば引けは取るまじ、おおそれよりはあの人のことあの人のこと、藤本《ふぢもと》のならばよき知恵《ちゑ》も貸してくれんと、十八日の暮れちかく、ものいへば眼口《めくち》にうるさき蚊《か》を払《はら》ひて竹村《たけむら》しげき龍華寺《りゆうげじ》の庭先から信如《しんによ》が部屋へのそりのそりと、信《のぶ》さんゐるかと顔を出しぬ。

　おれのすることは乱暴だと人がいふ、乱暴かもしれないが口惜《くや》しいことは口惜しいや、なあ聞いとくれ信さん、去年もおれがところの末弟《すゑ》のやつと正太郎組の短小野郎《ちびやらう》と万灯《まんどう》のたたき合ひから始まつて、それといふとやつの中《なか》間《ま》がばらばらと飛び出しやあがつて、どうだらう小さな者の万灯を打《ぶ》ちこはしちまつて、胴揚《どうあ》げにしやがつて、見やがれ横町のざまをと一人がいふと、間抜《まぬ》けに背の高い大人のやうな面《つら》をしてゐる団子屋《だんごや》の頓馬《とんま》が、頭《かしら》もあるものか尻尾《しつぽ》だ尻尾だ、豚《ぶた》の尻尾だなんて悪口《あくこう》を言つたとさ、おらあその時千束様《せんぞくさま》

一つ。

なしかねまじき　やりかねない。

さらでも　そうでなくても。

刎橋の番屋　刎橋は遊女の逃《とう》亡《ぼう》をふせぐために普段は引き上げられている。番屋は刎橋の番人のいる小屋。

三百といふ代言　「三百代言」。資格を持たないもぐりの弁護士を罵《ののし》って言う言葉。

馬　「付け馬」のこと。客の遊興費の取

へねり込《こ》んでゐたもんだから、あとで聞いた時に直様《じきさま》仕かへしに行《ゆ》かうと言つたら、親父《とつ》さんに頭から小言《こごと》を食つてその時も泣《な》き寝入《ねい》り、一昨年《をととし》はそらね、お前も知つてるとほり筆屋の店へ表町《おもてまち》の若い衆《しゆ》が寄り合つて茶番か何かやつたらう、あの時おれが見に行つたら、横町は横町の趣向《しゆかう》がありませうなんて、おつなことを言ひやがつて、正太ばかり客にしたのも胸にあるわな、いくら金があるとつて質屋《しちや》のくづれの高利貸《かうりかし》が何《なん》たら様《さま》だ、あんなやつを生かして置くよりたたきころす方《はう》が世間のためだ、おいらあ今度のまつりにはどうしても乱暴に仕掛《しか》けて取りかへしを付けようと思ふよ、だから信さん友達がひに、それはお前がいやだといふのも知れてるけれどもどうぞおれの肩《かた》を持つて、横町組の恥《はぢ》をすすぐのだから、ね、おい、本家本元《ほんけほんもと》の唱歌だなんて威張《ゐば》りをる正太郎をとつちめてくれないか、おれが私立の寝ぼけ生徒といはれればお前のことも同然だから、後生だ、どうぞ、助けると思つて大万灯を振《ふ》り回しておくれ、おれは心《しん》から底から口惜《くや》しくつて、今度負けたら長吉の立端《たちば》はないと無茶《むちや》にくやしがつて大幅《おほはば》の肩《かた》をゆすりぬ。だつて僕《ぼく》は弱いも

り立てを行う。

追従をする　お世辞を言う。

墨染　僧侶《そうりよ》の衣《ころも》。

いぶせく　うっとうしく。

どこやら…　どことなく僧侶らしい雰囲気《ふんいき》のある素振《そぶ》りである。

入り込まんづ　入り込みそうなほどの。

気組み　意気込み。

自らゆるしたる　自分で認めた。

仁和賀の金棒　吉原俄《よしわらにわか》の行列の

の。弱くてもいいよ。万灯《まんどう》は振《ふ》り回せないよ。振り回さなくてもいいよ。僕《ぼく》が入ると負けるがいいかへ。負けてもいいのさ、それは仕方がないと諦《あきら》めるから、お前は何もしないでいいからただ横町の組だといふ名で、威張《ゐば》つてさへくれると豪気《がうぎ》に人気《じんき》がつくからね、おれはこんな無学漢《わからずや》だのにお前は学《もの》ができるからね、向かふのやつが漢語か何かで冷語《ひやかし》でも言つたら、こつちも漢語で仕かへしておくれ、ああいい心持ちださつぱりしたお前が承知をしてくれればもう千人力だ、信さんありがたうと常にない優《やさ》しき言葉も出《い》づるものなり。

一人は三尺帯に突《つ》ツかけ草履《ざうり》の仕事師の息子《むすこ》、一人はかは色金巾《いろがなきん》の羽織に紫《むらさき》の兵子帯《へこおび》といふ坊様仕立《ばうさまじた》て、思ふことはうらはらに、話は常に食ひ違《ちが》ひがちなれど、長吉は我が門前に産声《うぶごゑ》を揚《あ》げしものと大和尚《だいをしやう》夫婦がひいきもあり、同じ学校へかよへば私立私立とけなされるも心わるきに、元来愛敬《あいけう》のなき長吉なれば心から味方《みかた》につく者もなき憐《あは》れさ、先方《さき》は町内の若い衆《しゆ》どもまで尻《しり》押《お》しをして、ひがみではなし長吉が負けを取ること罪は田中屋《たなかや》がたに少なか

先導役。
身に合はぬ…
実質以上に偉《えら》そうにしていたが。
末社
取り巻き連中。
平常の力だて
普段、力があるのを自慢《じまん》していること。

12
車屋
人力車屋。
元結より
「元結」は日本髪《にほんがみ》の束ねた部分をくくるためのもので、紙を縒《よ》って作る。
竹村しげき
竹藪《たけやぶ》のしげった。

らず、見かけて頼《たの》まれし義理としても嫌《いや》とは言ひかねて信如、それではお前の組になるさ、なるといつたら嘘《うそ》はないが、なるべく喧嘩《けんくわ》はせぬ方《はう》が勝ちだよ、いよいよ先方が売りに出たら仕方がない、何いざと言へば田中の正太郎ぐらゐ小指の先さと、我が力のないは忘れて、信如は机の引き出しから京都みやげにもらひたる、小鍛冶《こかぢ》の小刀《こがたな》を取り出して見すれば、よく利《き》れさうだねへとのぞき込《こ》む長吉が顔、あぶなし、これを振《ふ》り回してなることか。

（三）

解かば足にもとどくべき毛髪《かみ》を、根あがりに堅《かた》くつめて前髪《まへがみ》大きく髷《まげ》おもたげの、赭熊《しやぐま》といふ名は恐《おそ》ろしけれど、此《これ》髷をこのごろの流行《はやり》とて良家《よきしゆ》の令嬢《むすめご》もあそばさるるぞかし、色白に鼻筋とほりて、口もとは小さからねど締《し》まりたれば醜《みにく》からず、一つ一つに取りたてては美人の鑑《かがみ》に遠けれど、ものいふ声の細く清《すず》しき、人を見る目の愛敬あふれて、身のこなしの活々《いきいき》したるは快きものなり、柿色《かきいろ》に蝶鳥《てふとり》を染めたる大形の浴衣《ゆかた》きて、黒襦子《くろじゆす》と染分絞《そめわけしぼ》りの

*万灯　長い柄《え》をつけた行灯《あんどん》。
直様　すぐさま。
茶番　「茶番狂言」のこと。即席《そくせき》で行う滑稽《こっけい》な劇。
おつなこと　変なこと。
何たら様だ　何様だというのか。
14
豪気に人気が…　たくさんの人が味方につくからね。
仕事師　ここでは鳶人足《とびにんそく》

昼夜帯《ちうやおび》胸《むな》だかに、足にはぬり木履《ぼくり》ここらあたりにも多くは見かけぬ高きをはきて、朝湯の帰りに首筋白々と手ぬぐひさげたる立ち姿を、今《いま》三年の後に見たしと廓《くるわ》がへりの若者は申しき、大黒屋《だいこくや》の美登利《みどり》とて生国《しやうこく》は紀州《きしう》、言葉のいささか訛《なま》れるも可愛《かはゆ》く、第一は切れ離《はな》れよき気象《きしやう》を喜ばぬ人なし、子供に似合はぬ銀貨入れの重きも道理、姉なる人が全盛《ぜんせい》のなごり、ひいては遣手新造《やりてしんぞ》が姉への世辞にも、美《み》いちゃん人形をお買ひなされ、これはほんの手鞠代《てまりだい》と、くれるに恩を着せねばもらふ身のありがたくも覚えず、まくはまくは、同級の女生徒二十人にそろひのごむ鞠を与《あた》へしはおろかのこと、馴染《なじみ》の筆やに店《たな》ざらしの手遊《てあそ》びを買ひしめて喜ばせしこともあり、さりとは日々夜々《にちにちやや》の散財この歳《とし》この身分にてかなふべきにあらず、末は何となる身ぞ、両親ありながら大目に見てあらき詞《ことば》をかけたることもなく、楼《ろう》の主《あるじ》が大切がる様《さま》子も怪《あや》しきに、聞けば養女にもあらず親戚《しんせき》にてはもとよりなく、姉なる人が身売りの当時、鑑定《めきき》に来たりし楼の主が誘《さそ》ひにまかせ、この地に活計《たつき》もとむとて親子三人《みたり》が旅衣《たびごろも》、たち出《い》でしはこの訳、それより奥《おく》は何なれや、今は寮《れう》のあづか

をさす。

見かけて頼まれし義理としても…　ただ見込《みこ》んで頼まれた義理だとしても嫌《いや》とは言いづらくて（まして大和尚夫婦の贔屓《ひいき》もあるのだから）。

小指の先さ　小指の先でやっつけることができるさ。

あぶなし…　語り手の言葉。

根あがり　女性の髪《かみ》を普通よりも高い位置で結ぶこと。

美人の鑑

りをして母は遊女《いうぢよ》の仕立物《したてもの》、父は小格子《こがうし》の書記になりぬ、この身は遊芸手芸学校にも通はせられて、そのほかは心のまま、半日は姉の部屋、半日は町に遊んで見聞くは三味《さみ》に太鼓《たいこ》にあけ紫《むらさき》のなり形《かたち》、はじめ藤色絞《ふぢいろしぼ》りの半襟《はんえり》を袷《あはせ》にかけて着て歩きしに、田舎者《ゐなか》ゐなか者と町内の娘《むすめ》どもに笑はれしを口惜《くや》しがりて、三日《か》三夜《よ》泣きつづけしこともありしが、今は我より人々を嘲《あざけ》りて、野《や》暮《ぼ》な姿と打ちつけの悪《にく》まれ口を、言ひ返すものもなくなりぬ。二十日はお祭りなれば心いつぱいおもしろいことをしてと友達のせがむに、趣向《しゆかう》は何なりとめいめいに工夫して大勢のいいことがいいではないか、幾金《いくら》でもいい私《わたし》が出すからとて例のとほり勘定《かんぢやう》なしの引き受けに、子供中間《なかま》の女王様《によわうさま》またとあるまじき恵《めぐ》みは大人よりも利《き》きが早く、茶番にしよう、どこのか店を借りて往来から見えるやうにしてと一人が言へば、馬鹿《ばか》を言へ、それよりはお神輿《みこし》をこしらへておくれな、蒲田屋《かばたや》の奥に飾《かざ》つてあるやうな本当のを、重くてもかまひはしない、やつちよいやつちよい訳なしだと捩《ね》ぢ鉢巻《はちまき》をする男子《をとこ》のそばから、それでは私たちがつまらない、みんなが騒《さわ》ぐを見るばかりでは美登

美人の見本。

大形の浴衣
柄《がら》の大きい浴衣。

16

昼夜帯
表と裏に違《ちが》う布を縫《ぬ》い合わせた帯。

紀州
紀伊国《きいのくに》（現在の和歌山県）のこと。

切れ離れよき気象
さっぱりとした性格。

姉なる人が全盛のなごり
姉が、吉原の遊女として全盛を誇《ほこ》っている、その影響《えいきょう》。

利さんだとておもしろくはあるまい、何でもお前のいいものにおしよと、女の一むれは祭りを抜《ぬ》きに常盤座《ときはざ》をと、言ひたげの口ぶりをかし、田中の正太は可愛《かはい》らしい眼《め》をぐるぐると動かして、幻灯《げんとう》にしないか、幻灯に、おれのところにも少しはあるし、足りないのを美登利さんに買つてもらつて、筆やの店でやらうではないか、おれが映し人《て》で横町の三五郎に口上《こうじやう》を言はせよう、美登利さんそれにしないかと言へば、ああそれはおもしろからう、三ちやんの口上ならば誰《だれ》も笑はずにはゐられまい、ついでにあの顔がうつるとなほおもしろいと相談はととのひて、不足の品を正太が買ひ物役、汗《あせ》になりて飛びまはるもをかしく、いよいよ明日《あす》となりては横町までもその沙汰《さた》聞こえぬ。

（四）

打つや鼓《つづみ》のしらべ、三味《さみ》の音色《ねいろ》にことかかぬ場所も、祭りは別物、酉《とり》の市《いち》を除《の》けては一年一度の賑《にぎは》ひぞかし、三嶋《みしま》さま小野照《をのてる》さま、お隣社《となり》づから負けまじの競《きそ》ひ心をかしく、横町も表もそろひは同じ真岡木綿《まをかもめん》に町名くづしを、

遣手新造
遊廓《ゆうかく》で遊女の世話や監督《かんとく》をする中年以上の女性。

まくはまくは
まあ、驚《おどろ》くほどにばらまくことと言ったら。

与へしはおろかのこと
与えたどころの話ではなく。

手遊び
おもちゃ。

活計もとむとて
生計の手段を求めるといって。

それより奥は…
それよりも奥の事情は何があるのだろうか。

去歳《こぞ》よりはよからぬ形《かた》とつぶやくもありし、口なし染の麻《あさ》だすきなるほど太きを好みて、十四五より以下なるは、達磨《だるま》、木兎《みみづく》、犬はり子、さまざまの手遊びを数多きほど見得《みえ》にして、七つ九つ十一つくるもあり、大鈴小鈴《おほすずこすず》背中にがらつかせて、駆《か》け出す足袋《たび》はだしの勇ましくをかし、群れを離《はな》れて田中の正太が赤筋《あかすぢ》入りの印半天《しるしばんてん》、色白の首筋に紺《こん》の腹がけ、さりとは見なれぬいでたちとおもふに、しごいて締《し》めし帯の水浅黄《みづあさぎ》も、見よや縮緬《ちりめん》の上染《じやうぞめ》、襟《えり》の印のあがりも際《きは》だちて、うしろ鉢巻《はちまき》に山車《だし》の花一枝《いつし》、革緒《かはを》の雪駄《せった》おとのみはすれど、馬鹿《ばか》ばやしの中間《なかま》には入らざりき、夜宮《よみや》は事なく過ぎて今日一日の日も夕ぐれ、筆やが店に寄り合ひしは十二人、一人かけたる美登利《みどり》が夕化粧《ゆふげしやう》の長さに、まだかまだかと正太は門《かど》へ出《で》つ入《い》りつして、呼んでこい三五郎、お前はまだ大黒屋《だいこくや》の寮《れう》へ行つたことがあるまい、庭先から美登利さんと言へば聞こえるはず、早く、早くと言ふに、それならばおれが呼んでくる、万灯《まんどう》はここへあづけてゆけば誰《だれ》も蠟燭《らふそく》ぬすむまい、正太さん番をたのむとあるに、吝嗇《けち》なやつめ、その手間《てま》で早く行けと我が年したにしかられて、おつと来た

寮のあづかり
寮の管理人。

遊芸手芸
ともに遊女となるための準備。

見聞くは…
見聞きするのは、三味線《しゃみせん》や太鼓《たいこ》の音に、朱紫の遊女の着物である。

打ちつけの
遠慮《えんりょ》のない。

勘定なしの引き受けに
損得勘定なしの引き受けに。

18

常盤座
浅草《あさくさ》公園内の小劇場。

口上

さの次郎左衛門《じろざゑもん》、今の間《ま》とかけ出して韋駄天《ゐだてん》とはこれをや、あれあの飛びやうがをかしいとて見送りし女子《をなご》どもの笑ふも無理ならず、横ぶとりして背《せい》ひくく、頭《つむり》の形《なり》は才槌《さいづち》とて首みじかく、振《ふ》りむけての面《おもて》を見れば出額《でびたひ》の獅子鼻《ししばな》、反歯《そつぱ》の三五郎といふ仇名《あだな》おもふべし、色は論なく黒きに感心なは目つきどこまでもおどけて両の頰《ほほ》にゑくぼの愛敬《あいけう》、目かくしの福笑ひに見るやうな眉《まゆ》のつき方も、さりとはをかしく罪の無き子なり、貧《ひん》なれや阿波《あは》ちぢみの筒袖《つつそで》、おれは揃《そろ》ひが間に合はなんだと知らぬ友には言ふぞかし、我を頭《かしら》に六人の子供を、養ふ親も轅棒《かぢぼう》にすがる身なり、五十軒《けん》によき得意場《とくいば》は持ちたりとも、内証の車は商売もののほかなれば詮《せん》なく、十三になれば片腕《かたうで》と一昨年《をととし》より並《なみ》木《き》の活版処《かつぱんじよ》へも通ひしが、なまけものなれば十日の辛棒《しんばう》つづかず、一月《ひとつき》と同じ職もなくて霜月《しもつき》より春へかけては突羽根《つくばね》の内職、夏は検査場《けんさば》の氷屋が手伝ひして、呼び声をかしく客を引くに上手なれば、人には調法がられぬ、去年《こぞ》は仁和賀《にわか》の台引きに出《い》でしより、友達いやしがりて万年町の呼び名今に残れども、三五郎といへば滑稽者《おどけもの》と承知して憎《にく》む者のなきも一徳《いつとく》なりし、田中屋

幻灯《げんとう》の画面を見ながら、即興《そつきよう》で物語を語ること。

三嶋さま小野照さま　ともに神社。

お隣社づから　お隣《となり》同士ということから。

町名くづし　町名をデザイン化して染め出したもの。

なるほど　できるだけ。

見得にして　得意がって。

馬鹿ばやし　祭礼のお囃子《はやし》の一つ。

夜宮

は我が命の綱《つな》、親子がかうむるご恩すくなからず、日歩《ひぶ》とかや言ひて利金《りきん》安からぬ借りなれど、これなくてはの金主様《きんしゅさま》あだには思ふべしや、三公《こう》おれが町へ遊びに来いと呼ばれて嫌《いや》とは言はれぬ義理あり、されども我は横町に生まれて横町に育ちたる身、住む地処《ぢしょ》は龍華寺《りゅうげじ》のもの、家主《いへぬし》は長吉が親なれば、表むき彼方《かなた》に背《そむ》くことかなはず、内々《ないない》にこつちの用をたして、にらまるる時の役まはりつらし。正太は筆やの店へ腰《こし》をかけて、待つ間のつれづれに忍《しの》ぶ恋路《こひぢ》を小声にうたへば、あれ由断《ゆだん》がならぬと内儀《かみ》さまに笑はれて、何がなしに耳の根あかく、まぢくないの高声にみんなも来いと呼びつれて表へ駆《か》け出す出合ひがしら、正太は夕飯《ゆふめし》なぜ食べぬ、遊びにほうけてさつきにから呼ぶをも知らぬか、どなたもまたのちほど遊ばせてくだされ、これはお世話と筆やの妻にもあいさつして、祖母《ばば》が自らの迎《むか》ひに正太いやが言はれず、そのまま連れて帰らるるあとはにはかに淋《さび》しく、人数《にんず》はさのみ変はらねどあの子が見えねば大人までも寂《さび》しい、馬鹿《ばか》さわぎもせねば串談《じょうだん》も三ちゃんのやうではなけれど、人好きのするは金持ちの息子《むすこ》さんにめづらしい愛敬《あいけう》、何とご覧じ

祭礼の前夜祭。

出つ入りつして
出たり入ったりして。

おっと来たさの…
「おっと来たさ」は「いいとも」の意。ここではさらに歌舞伎《かぶき》『籠釣瓶花街酔醒《かごつるべさとのえいざめ》』の主人公「佐《さ》野《の》次郎左衛門」に洒落《しゃれ》で続けている。

20

韋駄天
「韋駄天走り」。非常に速く走る人。

感心なは
感心なのは。

たか田中屋の後家さまがいやらしさを、あれで年は六十四、白粉《おしろい》をつけぬがめつけものなれど丸髷《まるまげ》の大きさ、猫《ねこ》なで声して人の死ぬをもかまはず、おほかた臨終《おしまひ》は金と情死《しんぢゆう》なさるやら、それでもこちどもの頭《つむり》の上がらぬはあの物の御威光《ごゐくわう》、さりとは欲しや、廓内《なか》の大きい楼《うち》にもだいぶの貸し付けがあるらしう聞きましたと、大路に立ちて二三人の女房《にようばう》よその財産《たから》を数へぬ。

（五）

待つ身につらき夜半《よは》の置炬燵《おきごたつ》、それは恋《こひ》ぞかし、吹《ふ》く風すずしき夏の夕ぐれ、ひるの暑さを風呂《ふろ》に流して、身じまひの姿見、母親が手づからそそけ髪《がみ》つくろひて、我が子ながら美しきを立ちて見、居て見、首筋が薄《うす》かつたとなほぞいひける、単衣《ひとへ》は水色友仙《みづいろいうぜん》の涼《すず》しげに、白茶金《しらちやきん》らんの丸帯少し幅《はば》の狭《せま》いを結ばせて、庭石に下駄《げた》直すまで時は移りぬ。まだかまだかと塀《へい》のまはりを七たびまはり、欠伸《あくび》の数も尽《つ》きて、払《はら》ふとすれど名物の蚊《か》に首筋額ぎわしたたかさされ、三五郎弱りきる時、美登利《みどり》立ち出《い》でていざと言ふに、こなたは

さりとは…
そうは言っても愛嬌《あいきょう》があって。

貧なれや
貧乏《びんぼう》なのだろう。

おれは揃ひが…
自分は揃いの浴衣ができるのがまにあわなかった。

轅棒にすがる身
人力車夫であること。

五十軒
日本堤《にほんづつみ》から大門《おおもん》までの両側の引《ひき》手茶屋《てぢゃや》のこと。

内証の車
ここでは、家計のやりくりのこと。

言葉もなく袖《そで》をとらへて駆《か》け出せば、息がはづむ、胸が痛い、そんなに急ぐならばこちは知らぬ、お前一人でお出《い》でと怒《おこ》られて、別れ別れの到着《たうちやく》、筆やの店へ来し時は正太が夕飯の最中《もなか》とおぼえし。ああおもしろくない、おもしろくない、あの人が来なければ幻灯《げんとう》をはじめるのも嫌《いや》、伯母《をば》さんここの家《うち》に智恵《ちゑ》の板は売りませぬか、十六武蔵《むさし》でもなんでもよい、手が暇《ひま》で困ると美登利の淋《さび》しがれば、それよと即座《そくざ》に鋏《はさみ》を借りて女子《をなご》づれは切り抜《ぬ》きにかかる、男は三五郎を中に仁和賀《にわか》のさらひ、北廓《ほくくわく》全盛《ぜんせい》見わたせば、軒《のき》は提灯《ちやうちん》電気灯、いつもにぎはふ五丁町《ちやうまち》、と諸声《もろごゑ》をかしくはやし立つるに、おぼえのよければ去年《こぞ》一昨年《をととし》とさかのぼりて、手振《てぶ》り手拍子《てびやうし》ひとつも変はることなし、うかれ立ちたる十人あまりの騒《さわ》ぎなれば何事と門《かど》に立ちて人垣《ひとがき》をつくりし中より。三五郎は居るか、ちよつと来てくれ大急ぎだと、文次《ぶんじ》といふ元結《もとゆひ》よりの呼ぶに、なんの用意もなくおいしよ、よし来たと身がるに敷居《しきゐ》を飛びこゆる時、この二股野郎《ふたまたやらう》覚悟《かくご》をしろ、横町の面《つら》よごしめただは置かぬ、誰《だれ》だと思ふ長吉だ生《なま》ふざけた真似《まね》をして後悔《こうくわい》するなと頬骨《ほほぼね》一撃《ひとう》ち、あつと魂消《たまげ》て逃《に》げ入る襟《えり》

調法がられぬ
　便利がられた。
万年町の呼び名
　「万年町」は、明治期の東京三大貧民窟《ひんみんくつ》の一つ。
「仁和賀の台引き」は貧民の行うものだった。
一徳なりし
　三五郎の人徳なのだった。
日歩
　利息計算を一日単位で行う利金。
これなくては…
　これがなくては生活が成り立たない、大切な貸し主様。
あだには…

がみを、つかんで引き出す横町の一むれ、それ三五郎をたたき殺せ、正太を引き出してやつてしまへ、弱虫にげるな、団子屋《だんごや》の頓馬《とんま》もただは置かぬと潮《うしほ》のやうに沸《わ》きかへる騒《さわ》ぎ、筆屋が軒《のき》の掛提灯《かけぢやうちん》は苦もなくたたき落とされて、釣《つ》りらんぷ危なし店先の喧嘩《けんくわ》なりませぬと女房《にようばう》がわめきも聞かばこそ、人数《にんず》はおほよそ十四五人、ねぢ鉢巻《はちまき》に大万灯《おほまんどう》ふりたてて、当たるがままの乱暴狼《らう》藉《ぜき》、土足に踏《ふ》み込《こ》む傍若無人《ばうじやくぶじん》、目ざす敵《かたき》の正太が見えねば、どこへ隠《かく》した、どこへ逃《に》げた、さあ言はぬか、言はぬか、言はさずにおくものかと三五郎を取りこめて撃つやら蹴《け》るやら、美登利くやしく止める人をかきのけて、これお前がたは三ちやんになんの咎《とが》がある、正太さんと喧嘩がしたくば正太さんとしたがよい、逃げもせねば隠しもしない、正太さんは居ぬではないか、ここはわたしが遊び処《どころ》、お前がたに指でもささしはせぬ、ええ憎《にく》らしい長吉め、三ちやんをなぜぶつ、あれまた引きたほした、意趣《いしゆ》があらば私《わたし》をお撃《ぶ》ち、相手には私がなる、伯母《をば》さん止めずにくだされと身もだへしてののしれば、何を女郎《ぢよらう》め頬桁《ほほげた》たたく、姉の跡《あと》つぎの乞食《こじき》め、手前《てめへ》の相手にはこれが相応だと

いい加減に思うことができようか。

彼方　長吉側のこと。

こつち　正太郎側のこと。

忍ぶ恋路　端唄《はうた》の一つ。

まぢくないの高声　照れ隠《かく》しの大声。

さのみ　それほど。

22

あの物　お金のこと。

待つ身に…　端唄の一節。

そそけ髪…　ほつれた髪を整えて。

多人数《おほく》のうしろより長吉、泥草履《どろざうり》つかんで投げつければ、ねらひ違《たが》はず美登利が額際《ひたひぎは》にむさき物したたか、血相かへて立ちあがるを、怪我《けが》でもしてはと抱《だ》きとむる女房、ざまを見ろ、こつちには龍華寺《りゆうげじ》の藤本《ふぢもと》がついてゐるぞ、仕かへしにはいつでも来い、薄馬鹿野郎《うすばかやらう》め、弱虫め、腰《こし》ぬけのいくぢなしめ、帰りには待ち伏《ぶ》せする、横町の闇《やみ》に気をつけろと三五郎を土間に投げ出せば、折から靴音《くつおと》たれやらが交番への注進《ちゆうしん》今ぞしる、それと長吉声をかくれば丑松《うしまつ》文次その余《よ》の十余人、方角をかへてばらばらと逃げ足はやく、抜《ぬ》け裏の露路《ろぢ》にかがむもあるべし、口惜《くや》しいくやしい口惜しい口惜しい、長吉め文次め丑松め、なぜおれを殺さぬ、殺さぬか、おれも三五郎だただ死ぬものか、幽霊《いうれい》になつても取り殺すぞ、覚えてゐろ長吉めと湯玉のやうな涙《なみだ》はらはら、はては大声にわつと泣き出《いだ》す、身内や痛からん筒袖《つつそで》のところどころ引きさかれて背中も腰《こし》も砂まぶれ、止めるにも止めかねて勢ひのすさまじさにただおどおどと気を呑《の》まれし、筆やの女房走り寄りて抱きおこし、背中《せな》をなで砂を払《はら》ひ、堪忍《かんにん》をし、堪忍をし、なんと思つても先方《さき》は皆《みな》よわい者ばか

首筋が薄かつた　夕化粧《ゆうげしょう》の白粉《おしろい》の濃《こ》さのこと。

下駄直す　下駄をそろえて置く。

*智恵の板・十六武蔵　ともにおもちゃの一種。

北廓全盛…　当時流行した「男仁和賀福島中佐之内全盛歌」の一節。「北廓」は吉原遊廓《よしわらゆうかく》。

24

何の罪があると　いうのか。

なんの咎がある

意趣があらば

り、大人でさへ手が出しかねたにかなはぬは知れてゐる、それでも怪我《けが》のないは仕合はせ、このうへは途中《とちゆう》の待ちぶせが危ない、幸ひの巡査《おまはり》さまに家《うち》まで見ていただかば我々も安心、このとほりの子細《しさい》でございますゆゑと筋をあらあら折からの巡査《じゆんさ》に語れば、職掌《しよくしやう》がらいざ送らんと手を取らるるに、いえいえ送つてくださらずとも帰ります、一人で帰りますと小さくなるに、こりや怕《こは》いことはない、そちらの家《うち》まで送る分のこと、心配するなと微笑《びせう》を含《ふく》んで頭《つむり》をなでらるるにいよいよちぢみて、喧嘩《けんくわ》をしたと言ふと親父《とつ》さんに叱《しか》られます、頭《かしら》の家《うち》は大家《おほや》さんでございますからとてしほれるをすかして、さらば門口《かどぐち》まで送つてやる、叱らるるやうのことはせぬわとて連れらるるに四隣《あたり》の人胸をなでてはるかに見送れば、何とかしけん横町の角にて巡査の手をば振《ふ》りはなして一目散に逃《に》げぬ。

（六）

めづらしいこと、この炎天《えんてん》に雪が降りはせぬか、美登利《みどり》が学校を嫌《いや》がるは

恨《うら》みがあるなら。

頬桁たたく　「物を言う」を罵《ののし》っていう言葉。

むさき物　きたない物。

身内　身体のすべての部分。

26

職掌がら　職務がら。

何とかしけん　どうしたのか。

よくよくの不機嫌《ふきげん》、朝飯《あさはん》がすすまずば後刻《のちかた》に鮨《やすけ》でもあつらへようか、風邪《かぜ》にしては熱もなければおほかたきのふの疲《つか》れと見える、太郎様《たらうさま》への朝参りは母《かか》さんが代理してやればご免《めん》こふむれとありしに、いえいえ姉さんの繁昌《はんじやう》するやうにと私《わたし》が願をかけたのなれば、参らねば気が済まぬ、お賽銭《さいせん》くだされ行つて来ますと家を駆《か》け出して、中田圃《なかたんぼ》の稲荷《いなり》に鰐口《わにぐち》ならして手を合はせ、願ひは何ぞ行きも帰りも首うなだれて畦道《あぜみち》づたひ帰り来る美登利が姿、それと見て遠くより声をかけ、正太はかけ寄りて袂《たもと》を押《お》さへ、美登利さん昨夕《ゆふべ》はご免よと突然《だしぬけ》にあやまれば、何もお前に謝罪《わび》られることはない。それでもおれが憎《にく》まれて、おれが喧嘩の相手だもの、お祖母《ばあ》さんが呼びにさへ来なければ帰りはしない、そんなにむやみに三五郎をも撃《ぶ》たしはしなかつたものを、今朝三五郎のところへ見に行つたら、あいつも泣いて口惜《くや》しがつた、おれは聞いてさへ口惜しい、お前の顔へ長吉め草履《ざうり》を投げたといふではないか、あの野郎《やらう》乱暴にもほどがある、だけれど美登利さん堪忍《かんにん》しておくれよ、おれは知りながら逃げてゐたのではない、飯をかつこんで表へ出やうとするとお祖母

太郎様
太郎稲荷のこと。

さんが湯に行くといふ、留守居をしてゐるうちの騒《さわ》ぎだらう、ほんとに知らなかつたのだからねと、我が罪のやうに平《ひら》あやまりに謝罪《あやまつ》て、痛みはせぬかと額際《ひたひぎは》を見あげれば、美登利につこり笑ひて何負傷《けが》をするほどではない、それだが正さん誰《だれ》が聞いても私《わたし》が長吉に草履《ざうり》を投げられたと言つてはいけないよ、もしひよつとお母《つか》さんが聞きでもすると私が叱《しか》られるから、親でさへ頭《つむり》に手はあげぬものを、長吉づれが草履の泥《どろ》を額にぬられては踏《ふ》まれたも同じだからとて、背《そむ》ける顔のいとをしく、ほんとに堪忍《かんにん》しておくれ、みんなおれが悪い、だから謝る、機嫌《きげん》を直してくれないか、お前に怒《おこ》られるとおれが困るものをと話しつれて、いつしか我が家の裏近く来れば、寄らないか美登利さん、誰《だれ》も居はしない、祖母《おばあ》さんも日がけを集めに出たらうし、おればかりで淋《さび》しくてならない、いつか話した錦絵《にしきゑ》を見せるからお寄りな、いろいろのがあるからと袖《そで》をとらへて離《はな》れぬに、美登利は無言にうなづいて、侘《わ》びた折《をり》戸《ど》の庭口より入れば、広からねども鉢《はち》ものをかしく並びて、軒《のき》につり忍艸《しのぶ》、これは正太が午《うま》の日《ひ》の買ひ物と見えぬ、理由《わけ》しらぬ人は小首やかたぶけん町

いとをしく
可哀想《かわいそう》で。

話しつれて
連れ立って話しながら。

日がけを集めに
一日の利息を取り立てに。

侘びた折戸
物寂《ものさび》しい感じの開き戸。

鉢もの
鉢植えの植物。

内一の財産家《ものもち》といふに、家内は祖母《ばば》とこれ二人、万《よろづ》の鍵《かぎ》に下腹冷えて留守は見渡《みわた》しの総長屋、さすがに錠前《ぢやうまへ》くだくもあらざりき、正太は先へあがりて風入りのよき場処《ところ》を見たてて、ここへ来ぬかと団扇《うちは》の気あつかひ、十三の子供にはませ過ぎてをかし。古くより持ちつたへし錦絵かずかず取り出《い》だし、褒《ほ》めらるるをうれしく美登利さん昔の羽子板《はごいた》を見せよう、これはおれの母《かか》さんがお邸《やしき》に奉公《ほうこう》してゐるころいただいたのだとさ、をかしいではないかこの大きいこと、人の顔も今のとは違《ちが》ふね、ああこの母さんが生きてゐるといいが、おれが三つの歳《とし》死んで、お父《とつ》さんは在《あ》るけれど田舎《ゐなか》の実家へ帰つてしまつたから今は祖母さんばかりさ、お前はうらやましいねとそぞろに親のことを言ひ出せば、それ絵がぬれる、男が泣くものではないと美登利に言はれて、おれは気が弱いのかしら、ときどきいろいろのことを思ひ出すよ、まだ今時分はいいけれど、冬の月夜なにかに田町《たまち》あたりを集めにまはると土手まで来て幾度《いくど》も泣いたことがある、何さむいくらゐで泣きはしない、なぜだか自分も知らぬがいろいろのことを考へるよ、ああ一昨年《をととし》からおれも日がけの集めに

留守は見渡しの…　留守宅は、家から見えるすべての総長屋によって見守られている。

錠前くだく　錠前を壊《こわ》す。

気あつかひ　心配り。

そぞろに　何と言うこともなく。

まはるさ、祖母《おばあ》さんは年寄りだからそのうちにも夜は危ないし、目が悪いから印形《いんぎやう》を押《お》したり何かに不自由だからね、今まで幾人《いくたり》も男を使つたけれど、老人《としより》に子供だから馬鹿《ばか》にして思ふやうには動いてくれぬと祖母さんが言つてゐたつけ、おれがもう少し大人になると質屋《しちや》を出さして、昔のとほりでなくとも田中屋の看板《かんばん》をかけると楽しみにしてゐるよ、よその人は祖母さんを吝《けち》だと言ふけれど、おれのために倹約《つましく》してくれるのだから気の毒でならない、集めに行くうちでも通新町《とほりしんまち》や何かにずいぶん可愛想《かはいさう》なのが有るから、さぞお祖母《ばあ》さんを悪くいふだらう、それを考へるとおれは涙《なみだ》がこぼれる、やつぱり気が弱いのだね、今朝も三公の家《うち》へ取りに行つたら、やつめ身体《からだ》が痛いくせに親父《おやぢ》に知らすまいとして働いてゐた、それを見たらおれは口がきけなかつた、男が泣くてへのはをかしいではないか、だから横町の野蕃漢《じやがたら》に馬鹿にされるのだと言ひかけて我《わ》が弱いを恥づかしさうな顔色、何心《なにごころ》なく美登利と見合はす目つきの可愛《かはゆ》さ。お前の祭りの姿《なり》はたいそうよく似合つてうらやましかつた、私《わたし》も男だとあんな風《ふう》がしてみたい、誰《だれ》のよりもよく見えたと賞《ほ》めら

そのうちにも　そのなかでもとくに。

横町の野蕃漢　長吉のこと。

れて、何だおれなんぞ、お前こそ美しいや、廓内《なか》の大巻《おほまき》さんよりも奇麗《きれい》だとみんながいふよ、お前が姉であつたらおれはどんなに肩身《かたみ》が広かろう、どこへゆくにもついていつて大威張《おほゐば》りに威張るがな、一人も兄弟がないから仕方がない、ねえ美登利さん今度一処《いつしよ》に写真を取らないか、おれは祭りの時の姿《なり》で、お前は透綾《すきや》のあら縞《じま》で意気な形《なり》をして、水道尻《すいだうじり》の加藤《かとう》でうつさう、龍華《りゆうげ》寺《じ》のやつがうらやましがるやうに、本当だぜあいつはきつと怒《おこ》るよ、真つ青になつて怒るよ、にゑ肝《かん》だからね、赤くはならない、それとも笑ふかしら、笑はれてもかまはない、大きく取つて看板に出たらいいな、お前は嫌《いや》かへ、嫌のやうな顔だものと恨《うら》めるもをかしく、変な顔にうつるとお前に嫌《きら》はれるからとて美登利ふき出して、高笑ひの美音にご機嫌《きげん》や直りし。

朝冷《あさすず》はいつしか過ぎて日かげの暑くなるに、正太さんまた晩によ、私の寮《れう》へも遊びにお出《い》でな、灯籠《とうろう》ながして、お魚追ひましよ、池の橋が直つたればこはいことはないと言ひ捨《ず》てに立ち出《い》づる美登利の姿、正太うれしげに見送つて美しと思ひぬ。

透綾のあら縞　「透綾」は絹織物の一種。「あら縞」はまばらな縞模様。

加藤　写真館の名。

にゑ肝　陰湿《いんしつ》な癇癪《かんしやく》持ち。

日かげ　日の光。

（七）

龍華寺《りゆうげじ》の信如《しんによ》、大黒《だいこく》屋の美登利《みどり》、二人ながら学校は育英舎《いくえいしや》なり、去りし四月の末つかた、桜は散りて青葉のかげに藤《ふぢ》の花見といふころ、春季の大運動会とて水《みづ》の谷《や》の原《はら》にせしことありしが、つな引き、鞠《まり》なげ、縄《なは》とびの遊びに興をそへて長き日の暮るるを忘れし、その折のことや、信如いかにしたるか平常《へいぜい》の沈着《おちつき》に似ず、池のほとりの松が根につまづきて赤土道《あかつちみち》に手をつきたれば、羽織の袂《たもと》も泥《どろ》になりて見にくかりしを、居あはせたる美登利みかねて我が紅《くれなゐ》の絹はんけちを取り出《い》だし、これにてお拭《ふ》きなされと介抱《かいはう》をなしけるに、友達の中なる嫉妬《やきもち》や見つけて、藤本《ふぢもと》は坊主《ばうず》のくせに女と話をして、うれしさうに礼を言つたはをかしいではないか、おほかた美登利さんは藤本の女房《かみさん》になるのであらう、お寺の女房なら大黒《だいこく》さまと言ふのだなどと取沙汰《とりさた》しける、信如元来かかることを人の上に聞くも嫌《きら》ひにて、苦《にが》き顔して横を向く質《たち》なれば、我がこととして我慢《がまん》のなるべきや、それよりは美登利といふ名を聞くご

大黒さま　俗語で僧侶《そうりょ》の妻のことを「大黒」という。「大黒やの美登利」とかけてからかっている。

とに恐《おそ》ろしく、またあのことを言ひ出すかと胸の中もやくやして、何とも言はれぬ厭《いや》な気持ちなり、さりながら事ごとに怒《おこ》りつけるわけにもゆかねば、なるだけは知らぬ体《てい》をして、平気をつくりて、むづかしき顔をしてやり過ぎる心なれど、さし向かひて物などを問はれたる時の当惑《たうわく》さ、おほかたは知りませぬの一言《ひとこと》にてすませど、苦しき汗《あせ》の身うちに流れて心ぼそき思ひなり、美登利はさることも心にとまらねば、最初《はじめ》は藤本さん藤本さんと親しく物いひかけ、学校退《ひ》けての帰りがけに、我は一足はやくて道端《みちばた》にめづらしき花などを見つくれば、おくれし信如を待ち合はして、これこんなうつくしい花が咲《さ》いてあるに、枝が高くて私《わたし》には折れぬ、信《のぶ》さんは背《せい》が高ければお手が届きましよ、後生《ごしやう》折つてくだされと一むれの中にては年長《としかさ》なるを見かけて頼《たの》めば、さすがに信如袖《そで》ふり切りて行きすぎることもならず、さりとて人の思はくいよいよ愁《つ》らければ、手近の枝を引き寄せて好《よ》し悪《あ》しかまはず申し訳ばかりに折りて、投げつけるやうにすたすたと行き過ぎるを、さりとは愛敬《あいけう》のなき人とあきれしこともありしが、度《たび》かさなりての末には自《おのづか》らわざとの意地悪

事ごとに　一つ一つのことに。

心にとまらねば　気にとめていなかったので。

のやうに思はれて、人には左もなきに我にばかり愁《つ》らきしうちをみせ、物を問へばろくな返事したことなく、傍《そば》へゆけば逃《に》げる、はなしをすれば怒《おこ》る、陰気《いんき》らしい気のつまる、どうしてよいやら機嫌《きげん》の取りやうもない、あのやうなむづかしやは思ひのままに捻《ひね》れて怒つて意地わるがしたいならんに、友達と思はずは口をきくもいらぬことと美登利少し癇《かん》にさはりて、用のなければすれ違《ちが》ふても物いふたことなく、途中《とちゆう》に逢《あ》ひたりとて挨拶《あいさつ》など思ひもかけず、ただいつとなく二人の中に大川一つ横たはりて、舟《ふね》も筏《いかだ》もここには御法度《ごはつと》、岸に添《そ》ふておもひおもひの道をあるきぬ。

　祭りは昨日に過ぎてそのあくる日より美登利の学校へ通ふことふつと跡《あと》たえしは、問ふまでもなく額の泥《どろ》の洗ふても消えがたき恥辱《ちじよく》を、身にしみて口惜《くや》しければぞかし、表町《おもてまち》とて横町《よこちやう》とて同じ教場におし並べば朋輩《ほうばい》に変はりはなきはづを、をかしき分け隔《へだ》てに常日ごろ意地を持ち、我は女の、とてもかなひがたき弱味をば付目《つけめ》にして、まつりの夜のしうちはいかなる卑怯《ひけふ》ぞや、長吉のわからずやは誰《たれ》も知る乱暴の上なしなれど、信如の尻《しり》おしなくは

陰気らしい
　陰気くさい。

したいならんに
　したいのだろうから。

友達と…
　友達とも思わないなら。

教場
　教室。

をかしき…
　具体的には、横町と表町の対立。

我は女の、…
　私は女で、とうてい太刀《たち》打ちできない弱い身であることにつけこんで。

乱暴の上なし
　この上ない乱暴

あれほどに思ひ切りて表町をば暴《あら》しえじ、人前をば物識《ものし》りらしく温順《すなほ》につくりて、陰《かげ》にまはりて機関《からくり》の糸を引きしは藤本の仕業《しわざ》に極《きは》まりぬ、よし級は上にせよ、学《もの》はできるにせよ、龍華寺《りゆうげじ》さまの若旦那《わかだんな》にせよ、大黒屋《だいこく》の美登利紙一枚のお世話にも預からぬものを、あのやうに乞食《こじき》呼ばはりしてもらふ恩はなし、龍華寺はどれほど立派な檀家《だんか》ありと知らねど、我が姉さま三年の馴染《なじみ》に銀行の川様《かはさま》、兜町《かぶとちやう》の米様《よねさま》もあり、議員の短小《ちひ》さま根曳《ねびき》して奥《おく》さまにと仰《おほ》せられしを、心意気に入らねば姉さま嫌《きら》ひてお受けはせざりしが、あのかたとても世には名高きお人と遣手衆《やりてしゆ》の言はれし、嘘《うそ》ならば聞いてみよ、大黒やに大巻《おほまき》の居ずはあの楼《いへ》は闇《やみ》とかや、さればお店の旦那とても父《とと》さん母《かか》さん我が身をも粗略《そりやく》にはあそばさず、常々大切がりて床《とこ》の間《ま》にお据《す》ゑなされし瀬戸《せと》物《もの》の大黒様をば、我いつぞや座敷《ざしき》の中にて羽根つくとて騒《さわ》ぎし時、同じく並びし花瓶《はないけ》をたふし、散々に破損《けが》をさせしに、旦那次の間《ま》に御酒《ごしゆ》めし上がりながら、美登利お転婆《てんば》が過ぎるのと言はれしばかり小言《こごと》はなかりき、ほかの人ならば一とほりの怒《おこ》りではあるまじと、女子衆《をんなしゆ》たちにあとあとまで羨《うらや》まれし

者。

人前をば…　人前では…装《よそお》って。

機関の糸を引きしは…　からくり人形を操《あやつ》るように、長吉らを操っていたのは。

よし　たとえ。

根曳　遊女の前借りを払《はら》ってやり、自由の身にしてやること。

破損をさせしに　壊《こわ》してしまったのに。

一とほりの怒りで

も必竟《ひつきやう》は姉さまの威光《ゐくわう》ぞかし、我寮住居《れうずまひ》に人の留守居はしたりとも姉は大黒《だいこく》屋の大巻、長吉風情《ふぜい》に負《ひ》けを取るべき身にもあらず、龍華寺《りゆうげじ》の坊《ばう》さまにいぢめられんは心外と、これより学校へ通ふことおもしろからず、わがままの本性あなどられしが口惜《くや》しさに、石筆《せきひつ》を折り墨《すみ》をすて、書物《はん》も十露盤《そろばん》もいらぬ物にして、なかよき友と埒《らち》もなく遊びぬ。

（八）

走れ飛ばせの夕べにひきかへて、明けの別れに夢をのせ行く車の淋《さび》しさよ、帽子《ぼうし》まぶかに人目を厭《いと》ふ方様《かたさま》もあり、手ぬぐひとつて頬《ほほ》かふり、彼女《あれ》が別れに名残《なごり》の一撃《ひとうち》、いたさ身にしみて思ひ出すほどうれしく、うす気味わるやにたにたの笑ひ顔、坂本《さかもと》へ出《い》でては用心し給《たま》へ千住《せんじゆ》がへりの青物車《あをものぐるま》にお足元あぶなし、三嶋様《みしまさま》の角までは気違《きちが》ひ街道《かいだう》、御顔《おんかほ》のしまりいづれも緩《ゆる》みて、はばかりながら御鼻《おんはな》の下ながながと見えさせ給《たま》へば、そんじよそこらにそれ大した御男子様《ごなんしさま》とて、分厘《ふんりん》の価値《ねうち》もなしと、辻《つぢ》に立ちて御慮外《ごりよぐわい》を申すもありけり。

は…
　簡単なお小言ですむどころではないだろう。

36 必竟は
　結局のところは。

わがままの本性…
　わがままの本性が出て、馬鹿にされたのが悔《くや》しくて。

走れ飛ばせの…
　走れ飛ばせ、とばかりに遊廓《ゆうかく》へ向かう夕べの勢いとはうって変わって。

明けの別れ
　夜明けの別れ。

はばかりながら

楊家《やうか》の娘君寵《むすめくんちよう》をうけてと長恨歌《ちやうごんか》を引《い》き出だすまでもなく、娘の子はいづこにも貴重がらるるころなれど、このあたりの裏屋より赫奕姫《かくやひめ》の生まるることぞの例多し、築地《つきぢ》の某屋《それや》に今は根を移して御前《ごぜん》さま方《がた》の御相手、踊《をど》りに妙《めう》を得し雪といふ美形《びけい》、ただ今のお座敷《ざしき》にてお米のなります木はと至極《しごく》あどけなきことは申すとも、もとは此町《ここ》の巻帯党《まきおびづれ》にて花がるたの内職せしものなり、評判はそのころに高く去るもの日々に疎《うと》ければ、名物一つかげを消して二度目の花は紺屋《こうや》の乙娘《おとむすめ》、今千束町《せんぞくまち》に新《しん》つた屋《や》の御神灯《ごじんとう》ほのめかして、小吉《こきち》と呼《よ》ばるる公園の尤物《まれもの》も根生《ねお》ひは同じここの土なりし、あけくれの噂《うはさ》にも御出世《ごしゆつせ》といふは女に限りて、男は塵塚《ちりづか》さがす黒斑《くろぶち》の尾《を》の、ありて用なき物とも見ゆべし、この界隈《かいわい》に若い衆《しゆ》と呼ばるる町並《まちなみ》の息子《むすこ》、生意気ざかりの十七八より五人組七人組、腰《こし》に尺八の伊達《だて》はなけれど、何とやら厳《いかめ》しき名の親分が手下《てか》につきて、そろひの手ぬぐひ長提灯《ながぢやうちん》、さいころ振《ふ》ることおぼえぬうちは素見《ひやかし》の格子先《かうしさき》に思ひ切つての串談《じようだん》も言ひがたしとや、まじめにつとむる我が家業は昼のうちばかり、一風呂《ふろ》浴びて日の暮れゆけば突《つき》かけ下駄《げた》に七五三の着物、

失礼ながら。

大した御男子様とて…
大したお方様だといっても。

分厘の
ほんのわずかの。

御慮外を申すも…
無礼《ぶれい》なことを申す者もある。

長恨歌
白楽天《はくらくてん》の詩。

裏屋
裏長屋。

根を移して
居場所を移して。

妙を得し
非常に巧《たく》みであった。

巻帯党
不良娘たち。

何屋の店の新妓《しんこ》を見たか、金杉《かなすぎ》の糸屋が娘《むすめ》に似てもう一倍鼻がひくいと、頭脳《あたま》の中をこんなことにこしらへて、一軒《けん》ごとの格子《かうし》に烟草《たばこ》の無理どり鼻紙の無心《むしん》、打ちつ打たれつこれを一世《いつせ》の誉《ほま》れと心得れば、堅気《かたぎ》の家の相続息子《むすこ》地まはりと改名して、大門際《おほもんぎは》に喧嘩《けんくわ》かひと出るもありけり、見よや女子《をんな》の勢力《いきほひ》と言はぬばかり、春秋《はるあき》しらぬ五丁町《ごちやうまち》のにぎはひ、送りの提灯《かんばん》いま流行《はや》らねど、茶屋が廻女《まはし》の雪駄《せつた》のおとに響《ひび》き通へる歌舞音曲《かぶおんぎよく》、うかれうかれて入《い》り込《こ》む人の何を目当てと言問《ことと》はば、赤えり赭熊《しやぐま》に裲襠《うちかけ》の裾《すそ》ながく、につと笑ふ口元《くちもと》目もと、どこが美《よ》いとも申しがたけれど華魁衆《おいらんしゆ》とてここにての敬ひ、立ちはなれては知るによしなし、かかる中にて朝夕を過ごせば、衣《きぬ》の白地《しらぢ》の紅《べに》に染《し》むこと無理ならず、美登利《みどり》の眼《め》の中に男といふ者さつても怕《こは》からず恐《おそ》ろしからず、女郎《ぢよらう》といふ者さのみ賤《いや》しき勤めとも思はねば、過ぎし故郷を出立《しゆつたつ》の当時ないて姉をば送りしこと夢のやうに思はれて、今日このごろの全盛《ぜんせい》に父母への孝養うらやましく、お職を徹《とほ》す姉が身の、憂《う》いの愁《つ》らいの数も知らねば、まち人恋《こ》ふる鼠《ねづみ》なき格子《かうし》の咒文《じゆもん》、別れの背中《せな》に手加減の秘密《おく》まで、た

花がるたの内職　花札を作る内職。
評判は…　（美形であるとの）評判はそのころから高かったが。
紺屋　染物屋。
乙娘　長女に対して、次女以下の娘をいう。
*御神灯　芸者屋などの戸口につるした提《ちやう》灯《ちん》。
公園　浅草《あさくさ》公園のこと。
尤物　まれに見る美人。

だおもしろく聞きなされて、廓《くるわ》ことばを町にいふまでさりとは恥《は》づかしからず思へるも哀《あは》れなり、年はやうやう数への十四、人形抱《だ》いて頬《ほほ》ずりする心は御華族《ごくわぞく》のお姫様《ひめさま》とて変はりなけれど、修身の講義、家政学のいくたても学びしは学校にてばかり、まことあけくれ耳に入りしは好いた好かぬの客の風説《うはさ》、仕着《しき》せ積《つ》み夜具茶屋《やぐちやや》への行《ゆ》きわたり、派手はみごとに、かなはぬは見すぼらしく、人事我事《ひとごとわがこと》分別をいふはまだ早し、幼な心に目の前の花のみはしるく、持ちまへの負けじ気性は勝手に馳《は》せまはりて雲のやうな形をこしらへぬ、気《き》違《ちが》ひ街道《かいだう》、寝《ね》ぼれ道、朝がへりの殿《との》がた一順すみて朝寝《あさね》の町も門《かど》の箒目《ははきめ》青海《せいがい》波《は》をゑがき、打水《うちみづ》よきほどに済みし表町《おもてまち》の通りを見渡《みわた》せば、来るは来るは、万年町《まんねんちやう》山伏町《やまぶしちやう》、新谷町《しんたにまち》あたりをねぐらにして、一能一術これも芸人の名はのがれぬ、よかよか飴《あめ》や軽業師《かるわざし》、人形つかひ大神楽《だいかぐら》、住吉《すみよし》をどりに角兵衛獅子《かくべゑじし》、おもひおもひの扮粧《いでたち》して、縮緬透綾《ちりめんすきや》の伊達《だて》もあれば、薩摩《さつま》がすりの洗ひ着に黒繻子《くろじゆす》の幅狭帯《はばせまおび》、よき女もあり男もあり、五人七人十人一組の大《おほ》たむろもあれば、一人淋《さび》しき痩《や》せ老爺《おやぢ》の破《や》れ三味線《ざみせん》かかへて行《ゆ》くもあり、六つ五つなる

根生ひ
　ここでは、出身。

塵塚
　ごみため。

ありて用なき…
　あっても用のないものと同じように見えた。

腰に尺八の…
　歌舞伎《かぶき》の助六《すけろく》など、「男伊達《おとこだて》」と称《しょう》される俠客《きょうかく》が、喧嘩《けんか》道具として腰に尺八をさしていたことをさす。

七五三の着物
　後ろ幅《はば》七寸、前幅五寸、衽《おくみ》幅三寸の身幅の狭《せま》い着物。いなせ

女の子に赤襷《あかだすき》させて、あれは紀《き》の国《くに》をどらするも見ゆ、お顧客《とくい》は廓内《かくない》に居つづけ客のなぐさみ、女郎《ぢよらう》の憂《う》さ晴らし、かしこに入る身の生涯《しやうがい》やめられぬ得《とく》分《ぶん》ありと知られて、来るも来るもここらの町に細《こま》かしきもらひを心に止めず、裾《すそ》に海草《みるめ》のいかがはしき乞食《こじき》さへ門《かど》には立たず行《ゆ》き過ぎるぞかし、容貌《きりやう》よき女《をんな》太夫《だいふ》の笠《かさ》にかくれぬ床《ゆか》しの頬《ほほ》を見せながら、喉《のど》自慢《じまん》、腕《うで》自慢、あれあの声をこの町には聞かせぬが憎《にく》しと筆やの女房《にようばう》舌うちして言へば、店先に腰《こし》をかけて往《ゆ》き来を眺《なが》めし湯がへりの美登利、はらりと下がる前髪《まへがみ》の毛を黄楊《つげ》の鬢《びん》櫛《ぐし》にちやつと掻《か》きあげて、伯母《をば》さんあの太夫さん呼んできませうとて、はたはた駆《か》けよつて袂《たもと》にすがり、投げ入れし一品《ひとしな》を誰《たれ》にも笑つて告げざりしが好みの明烏《あけがらす》さらりと唄《うた》はせて、また御贔屓《ごひいき》の嬌音《けうおん》これたやすくは買ひがたし、あれが子供の処業《しわざ》かと寄り集まりし人舌を巻いて太夫よりは美登利の顔を眺《なが》めぬ、伊達《だて》には通るほどの芸人をここにせき止めて、三味《さみ》の音《ね》、笛の音、太《たい》鼓《こ》の音、うたはせて舞《ま》はせて人のせぬことしてみたいと折ふし正太にささやいて聞かせれば、驚《おどろ》いて呆《あき》れておいらは嫌《いや》だな。

なスタイルで、裾《すそ》が割れやすい。

38 一軒ごとの…　格子ごしに遊女たちと戯《たわむ》れている様子。

送りの提灯　引手茶屋《ひきてぢやや》の女中が客を妓楼《ぎろう》まで送る際に持って行く提灯《ちようちん》。

赤えり…　以下、遊女の風《ふう》俗《ぞく》。

立ちはなれては…　この地を離《はな》れては、どうだか知らないが。

さつても　そうであっても。

（九）

如是我聞《にょぜがもん》、仏説阿弥陀経《ぶつせつあみだきやう》、声は松風に和《か》して心のちりも吹《ふ》き払《はら》はるべき御《おん》寺様《てらさま》の庫裏《くり》より生魚《なまうを》あぶる烟《けぶ》なびきて、卵塔場《らんたふば》に嬰子《やや》の襁褓《むつき》ほしたるなど、お宗旨《しゆうし》によりてかまひなきことなれども、法師を木のはしと心得たる目よりは、そぞろになまぐさく覚ゆるぞかし、龍華寺《りゆうげじ》の大和尚《だいをしやう》身代とともに肥へ太りたる腹なりいかにもみごとに、色つやのよきことといかなる賞《ほ》め言葉を参らせたらばよかるべき、桜色にもあらず、緋桃《ひもも》の花でもなし、剃《そ》りたてたる頭《つむり》より顔より首筋にいたるまで銅色《あかがねいろ》の照りに一点のにごりもなく、白髪《しらが》もまじる太き眉《まゆ》をあげて心まかせの大笑ひなさるる時は、本堂の如来《にょらい》さま驚きて台座より転《まろ》び落ち給《たま》はんかと危《あや》ぶまるるやうなり、御新造《ごしんぞ》はいまだ四十の上を幾《いく》らも越《こ》さで、色白に髪《かみ》の毛薄《うす》く、丸髷《まるまげ》も小さく結《ゆ》ひて見ぐるしからぬまでの人がら、参詣人《さんけいにん》へも愛想よく門前の花屋が口悪嚊《くちわるかか》もとかくの陰口《かげぐち》を言はぬを見れば、着ふるしの浴衣《ゆかた》、総菜のお残りなどおのづからの御恩もかうむ

今日このごろの…　姉の全盛。

お職　「お職女郎」のこと。ここでは店での一か月当たりの稼《かせ》ぎ高が最も高い遊女のこと。

鼠なき　鼠の鳴き声をまねすること。客を呼ぶためのまじない。

格子の咒文　格子をたたいて口のうちで願いごとをする。

廓ことば　遊廓《ゆうかく》で使われる特別な言葉。

るなるべし、もとは檀家《だんか》の一人なりしが早くに良人《をつと》を失ひて寄るべなき身の暫時《しばらく》ここにお針やとひ同様、口さへ濡《ぬ》らさせてくださらばとて洗ひ濯《そそ》ぎよりはじめてお菜ごしらへはもとよりのこと、墓場の掃除《さうぢ》に男衆《をとこしゆ》の手を助くるまで働けば、和尚《をしやう》さま経済より割り出しての御不憫《ごふびん》かかり、年は二十から違《ちが》うて見ともなきことは女も心得ながら、行き処《どころ》なき身なれば結句よき死に場処《ばしよ》と人目を恥《は》ぢぬやうになりけり、にがにがしきことなれども女の心だて悪からねば檀家の者も左《さ》のみはとがめず、総領の花といふを懐胎《まうけ》しころ、檀家の中にも世話好きの名ある坂本《さかもと》の油屋《あぶらや》が隠居《いんきよ》さま仲人《なかうど》といふも異なものなれど進めたてて表向きのものにしける、信如《しんによ》もこの人の腹より生まれて男女《なんによ》二人の同胞《きやうだい》、一人は如法《によほふ》の変屈《へんくつ》ものにて一日部屋の中にまぢまぢと陰気《いんき》らしき生《む》まれなれど姉のお花は皮薄《かはうす》の二重《にぢゆう》あごかはゆらしくできたる子なれば、美人といふにはあらねども年ごろといひ人の評判もよく、素人《しろうと》にして捨てて置くは惜《を》しいものの中に加へぬ、さりとてお寺の娘《むすめ》に左棲《ひだりづま》、お釈迦《しやか》が三味《しやみ》ひく世は知らず人の聞こえ少しは憚《はば》かられて、田町《たまち》の通りに葉茶屋《はぢやや》の店を奇麗《きれい》にし

さりとは
それほどは。

いくたて
幾箇条《いくかじよう》。

仕着せ…
以下、遊廓《ゆうかく》でのしきたり。

派手は…
派手であれば見事だと思い、思うにかなわねばみすぼらしく思う。

目の前の…
目の前の華《はな》やかなものだけははっきりと見え。

門の箒目…
門口を箒《はうき》で掃《は》いた形が波形を描《えが》き。

つらへ、帳場格子《がうし》のうちにこの娘《こ》を据《す》ゑて愛敬《あいけう》を売らすれば、秤《はかり》の目はとにかく勘定《かんぢやう》しらずの若い者など、何がなしに寄つておほかた毎夜十二時を聞くまで店に客のかげ絶えたることなし、いそがしきは大和尚、貸金《かしきん》の取りたて、店への見まはり、法用のあれこれ、月の幾日《いくか》は説教日の定めもあり帳面くるやら経よむやら、かくては身躰《からだ》のつづき難《がた》しと夕暮れの椽先《えんさき》に花むしろを敷《し》かせ、片肌《かたはだ》ぬぎに団扇《うちは》づかひしながら大盃《おほさかづき》に泡盛《あわもり》をなみなみと注《つ》がせて、さかなは好物の蒲焼《かばやき》を表町《おもてまち》のむさし屋へあらいところをとのあつらへ、承《うけたまは》りてゆく使ひ番は信如の役なるに、その嫌《いや》なること骨にしみて、路《みち》を歩くにも上を見しことなく、筋向かふの筆やに子供づれの声を聞けば我がことを誹《そし》らるるかと情けなく、そしらぬ顔に鰻屋《うなぎや》の門《かど》を過ぎてはあたりに人目の隙《すき》をうかがひ、立ち戻《もど》つて駆《か》け入る時の心地《ここち》、我が身限つてなまぐさきものは食べまじと思ひぬ。

父親《てておや》和尚はどこまでもさばけたる人にて、少しは欲深《よくふか》の名にたてども人のうはさに耳をかたぶけるやうな小胆《せうたん》にてはなく、手のひまあらば熊手《くまで》の内職

打水　埃《ほこり》を防ぐため、水をまくこと。

万年町山伏町、新谷町　いずれも明治期東京の貧民窟《ひんみんくつ》。

一能一術…　たとえ一つの能力一つの術であっても、芸人であるには違《ちが》いない。

40

得分　収入。

ここらの町　大音寺前のこと。

細かしきもらひ　少額の報酬《ほうしゅう》。

裾に海草の…

もしてみやうといふ気風なれば、霜月《しもつき》の酉《とり》には論なく門前の明地《あきち》に簪《かんざし》の店を開き、御新造《ごしんぞ》に手ぬぐひかぶらせて縁喜《えんぎ》のいいのをと呼ばせる趣向《しゆかう》、はじめは恥《は》づかしきことに思ひけれど、軒《のき》ならび素人《しろうと》の手業《てわざ》にて莫大《ばくだい》の儲《まう》けと聞くに、この雑踏《ざつたふ》の中といひ誰《たれ》も思ひよらぬことなれば日暮れよりは目にも立つまじと思案して、昼間は花屋の女房《にようばう》に手伝はせ、夜に入りては自身《みづから》をり立ちて呼びたつるに、欲なれやいつしか恥づかしさも失《う》せて、思はず声だかに負けましよ負けましよと跡《あと》を追ふやうになりぬ、人波にもまれて買ひ手も眼《まなこ》のくらみしをりなれば、現在後世《ごせ》ねがひに一昨日《をととつひ》来たりし門前も忘れて、簪三本七十五銭と懸直《かけね》すれば、五本ついたを三銭ならばと直切《ねぎ》つてゆく、世はぬば玉の闇《やみ》のまうけはこのほかにもあるべし、信如はかかることどもいかにも心ぐるしく、よし檀家《だんか》の耳には入《い》らずとも近辺の人々が思はく、子供仲間の噂《うはさ》にも龍華寺《りゆうげじ》では簪の店を出して、信さんが母《かか》さんの狂気面《きちがひづら》して売つてゐたなどと言はれもするやと恥づかしく、そんなことはよしにしたがようござりませうと止めしこともありしが、大和尚《だいをしやう》大笑ひに笑ひすてて、黙《だま》つてゐろ、

「みるめ」は海草の一種。裾《すそ》が（みるめのように）ぼろぼろに割れている。

笠にかくれぬ
編み笠に隠《かく》れきれない。

床しの頬
さぞかし美しいのだろうと思わせる頬。

湯がへり
銭湯から帰ってきたところ。

明烏
新内《しんない》の曲名。

嬌音
愛嬌《あいきやう》のあるなまめいた声。

伊達には…

黙つてゐろ、貴様などが知らぬことだわとてまるまる相手にしてはくれず、朝念仏に夕勘定《ゆふかんじやう》、そろばん手にしてにこにことあそばさるる顔つきは我が親ながら浅ましくして、なぜその頭《つむり》を丸《まろ》め給《たま》ひしぞと恨《うら》めしくもなりぬ。

　もとより一腹《ぷく》一対の中に育ちて他人交《ま》ぜずの穏《おだ》やかなる家の内なれば、さしてこの児《こ》を陰気《いんき》ものに仕立てあげる種はなけれども、性来おとなしき上に我が言ふことの用ゐられねばとかくに物のおもしろからず、父が仕業《しわざ》も母の所作《しよさ》も姉の教育《したて》も、悉皆《しつかい》あやまりのやうに思はるれど言ふて聞かれぬものぞと諦《あきら》めればぼうら悲しきやうに情けなく、友朋輩《ともほうばい》は変屈者《へんくつもの》の意地わると目ざせども自《おのづか》ら沈《しづ》みゐる心の底の弱きこと、我が陰口《かげぐち》を露《つゆ》ばかりもいふ者ありと聞けば、立ち出《い》でて喧嘩《けんくわ》口論の勇気もなく、部屋にとぢこもつて人に面《おもて》の合はされぬ臆病《おくびやう》至極《しごく》の身なりけるを、学校にての出来ぶりといひ身分がらの卑《いや》しからぬにつけて然《さ》る弱虫とは知る者なく、龍華寺《りゆうげじ》の藤本《ふぢもと》は生煮《なまに》えの餅《もち》のやうに真《しん》があつて気になるやつと憎《にく》がるものもありけらし。

伊達であることの証《あかし》として。

如是我聞　経の冒頭《ぼうとう》に書かれている言葉。このようにわたしは聞いた、の意。

庫裏　台所。

卵塔場　墓地のこと。

お宗旨によりて…　この寺の宗旨ではかまわないことではあるが。浄《じよう》土《ど》真宗であると思われる。

法師を木のはしと…　『枕草子《まくらのそうし》』第五

（十）

祭りの夜は田町《たまち》の姉のもとへ使ひをいひつけられて、更《ふ》くるまで我が家へ帰らざりければ、筆やの騒《さわ》ぎは夢にも知らず、翌日《あす》になりて丑松文次《うしまつぶんじ》そのほかの口よりこれこれであつたと伝へらるるに、今更《いまさら》ながら長吉の乱暴に驚《おどろ》けども済みたることなれば咎《とが》めだてするも詮《せん》なく、我が名を仮りられしばかりつくづく迷惑《めいわく》に思はれて、我が為《な》したることならねど人々への気の毒を身一つに背負ひたるやうの思ひありき、長吉も少しは我がやりそこねを恥《は》づかしう思ふかして、信如《しんにょ》に逢《あ》はば小言《こごと》や聞かんとその三四日は姿も見せず、ややほとぼりのさめたるころに信《のぶ》さんお前は腹を立つか知らないけれど時の拍子《ひやうし》だから堪忍《かんにん》しておいてくんな、誰《だれ》もお前正太が明巣《あきす》とは知るまいではないか、何も女郎《めらう》の一疋《ぴき》ぐらゐ相手にして三五郎をなぐりたいこともなかつたけれど、万灯《まんどう》を振《ふ》り込《こ》んでみりやあただも帰れない、ほんの付景気《つけげいき》につまらないことをしてのけた、そりやあおれがどこまでも悪いさ、お前の命令《いひつけ》を聞かなかつ

段をふまえる。「木のはし」はここでは非情なものの意。

そぞろに　何となく。

参らせたらば…　さしあげたらよいことだろう。

心まかせの　思うままの。

本堂の…　ユーモラスな表現。

御新造　大和尚の妻のこと。

おのづからの…　自然とそのような御恩（着ふるしの浴衣《ゆかた》、総菜《そうざい》

たは悪からうけれど、今怒《おこ》られては法《かた》なしだ、お前といふ後ろだてがあるのでおらあ大舟《おほぶね》に乗つたやうだに、見すてられちまつては困るだらうじやないか、嫌《いや》だとつてもこの組の大将でゐてくんねえ、左様《さう》どちばかりは組まないからとて面目《めんぼく》なささうに謝罪《わび》られてみればそれでも私《わたし》は嫌だとも言ひがたく、仕方がないやるところまでやるさ、弱い者いぢめはこつちの恥《はぢ》になるから三五郎や美登利《みどり》を相手にしても仕方がない、正太に末社がついたらその時のこと、決してこつちから手出しをしてはならないと留《とど》めて、さのみは長吉をも叱《しか》り飛ばさねど再び喧嘩《けんくわ》のなきやうにと祈《いの》られぬ。

罪のない子は横町の三五郎なり、思ふさまにたたかれて蹴《け》られてその二三日は立居《たちゐ》も苦しく、夕ぐれごとに父親《ておや》が空車《からぐるま》を五十軒《けん》の茶屋が軒《のき》まで運ぶにさへ、三公はどうかしたか、ひどく弱つてゐるやうだなと見知りの台屋にとがめられしほどなりしが、父親はお辞義の鉄とて目上の人に頭《つむり》をあげたことなく廓内《なか》の旦那《だんな》は言はずとものこと、大家様地主様いづれのご無理もごもつともと受ける質《たち》なれば、長吉と喧嘩《けんくわ》してこれこれの乱暴に逢ひましたと訴《うつた》へ

の残り）を受けているのだろう。

42 お針やとひ同様　針仕事を担当する奉公人《ほうこうにん》同様の扱《あつか》いで。

口さへ濡らさせて……　食べることさえできるようにしていただけるなら。

経済より……　損得勘定《かんじょう》から割り出しての。

御不憫かかり　お手がついて。男女の関係になったことをさす。

ればとて、それはどうも仕方がない大家さんの息子《むすこ》さんではないか、こつちに理があらうが先方《さき》が悪からうが喧嘩《けんくわ》の相手になるといふことはない、謝罪《わび》てこい謝罪てこい途方《とはう》もないやつだと我が子を叱《しか》りつけて、長吉がもとへあやまりにやられること必定なれば、三五郎は口惜《くや》しさを噛《か》みつぶして七日十日と程《ほど》をふれば、痛みの場処《ばしよ》の愈《なほ》るとともにそのうらめしさもいつしか忘れて、頭《かしら》の家の赤《あか》ん坊《ばう》が守《も》りをして二銭が駄賃《だちん》をうれしがり、ねんねんよ、おころりよ、と背負《しよ》ひあるくさま、年はと問へば生意気ざかりの十六にもなりながらその大体《づうたい》を恥《は》づかしげにもなく、表町へものこのこと出かけるに、いつも美登利と正太がなぶりものになつて、お前は性根《しやうね》をどこへ置いてきたとからかはれながらも遊びの中間《なかま》は外れざりき。

　春は桜のにぎはひよりかけて、なき玉菊《たまぎく》が灯籠《とうろう》のころ、つづいて秋の新仁《しんに》和賀《わか》には十分間に車の飛ぶことこの通りのみにて七十五輛《りやう》と数へしも、二の替《か》はりさへいつしか過ぎて、赤蜻蛉《あかとんばう》田圃《たんぼ》に乱るれば横堀《よこぼり》に鶉《うづら》なくころも近づきぬ、朝夕の秋風身にしみわたりて上清《じやうせい》が店の蚊遣香《かやりかう》懐炉灰《くわいろばい》に座をゆづり、

年は…　年齢《ねんれい》は二十近く違《ちが》って、みっともないことは。

結句　結局のところ。

心だて　気だて。人柄《ひとがら》。

総領の花　長女の花。信如《しんによ》の姉。

仲人といふも…　仲人というのも変だが。

表向きのもの　正式の夫婦。

如法の変屈もの　文字通りの頑固《がんこ》な変わり者。

まぢまぢと　うじうじと。

石橋《いしばし》の田村《たむら》やが粉挽《ひ》く臼《うす》の音さびしく、角海老《かどえび》が時計の響《ひび》きもそぞろ哀《あは》れの音を伝へるやうになれば、四季絶え間なき日暮里《につぽり》の火の光もあれが人を焼く烟《けぶり》かとうら悲しく、茶屋が裏ゆく土手下の細道に落ちかかるやうな三味《さみ》の音を仰《あふ》いで聞けば、仲之町《なかのちやう》芸者が冴《さ》えたる腕《うで》に、君が情けの仮寝《かりね》の床《とこ》にと何ならぬ一ふし哀《あは》れも深く、この時節より通ひ初《そ》むるは浮《う》かれ浮かるる遊客《ゆふかく》ならで、身にしみじみと実《じつ》のあるお方《かた》のよし、遊女《つとめ》あがりのさる女《ひと》が申しき、このほどのことかかんもくだくだしや大音寺《だいおんじ》前にてめづらしきことは盲目按摩《めくらあんま》の二十ばかりなる娘《むすめ》、かなはぬ恋《こひ》に不自由なる身を恨《うら》みて水《みづ》の谷《や》の池に入水《じゆすい》したるを新しいこととて伝へるくらゐなもの、八百屋の吉五郎《きちごらう》に大工の太吉《たきち》がさつぱりと影《かげ》を見せぬが何とかせしと問ふにこの一件であげられましたと、顔のまん中へ指をさして、何の子細《しさい》なく取り立てて噂《うはさ》をする者もなし、大路《おほぢ》を見わたせば罪なき子供の三五人手を引きつれて開《ひ》いらいた開《ひら》いた何の花ひらいたと、無心の遊びも自然と静かにて、廓《くるわ》に通ふ車の音のみいつに変はらず勇ましく聞こえぬ。

皮薄
　きめ細やかな肌《はだ》。
左褄
　芸者のこと。
人の聞こえ
　人の評判。
帳場格子
　「帳場」は帳付けや勘定《かんじやう》をする所。
愛敬を売らすれば
　愛敬を売り物に商売をさせると。
かくては
　このように忙《いそが》しくては。
泡盛
　琉球《りゆうきゆう》産の強い酒。
あらいところ
　蒲焼《かばや》きの大串《おおぐし》のこと。

秋雨《あきさめ》しとしとと降るかと思へばさつと音して運びくるやうなる淋《さび》しき夜、通りすがりの客をば待たぬ店なれば、筆やの妻は宵《よひ》のほどより表の戸をたて、中に集まりしは例の美登利に正太郎、そのほかには小さき子供の二三人寄りて細螺《きしやご》はじきの幼げなことして遊ぶほどに、美登利ふと耳を立てて、あれ誰《たれ》か買物に来たのではないか溝板《どぶいた》を踏《ふ》む足音がするといへば、おやさうか、おいらはちつとも聞かなかつたと正太もちゆうちゆうたこかいの手を止めて、誰か中間《なかま》が来たのではないかと嬉《うれ》しがるに、門《かど》なる人はこの店の前まで来たりける足音の聞こえしばかりそれよりはふつと絶えて、音も沙汰《さた》もなし。

（十一）

正太は潜《くぐ》りをあけて、ばあと言ひながら顔を出すに、人は二三軒《げん》先の軒下《のきした》をたどりて、ぽつぽつと行く後ろ影《かげ》、誰だ誰だ、おいお入りよと声をかけて、美登利《みどり》が足駄《あしだ》を突《つ》ツかけばきに、降る雨をいとはず駆《か》け出《いだ》さんとせしが、ああいつだと一言《ひとこと》、振《ふ》りかへつて、美登利さん呼んだつても来はしないよ、

子供づれ
　子供たち。
人目の隙を…
　人目のない時をうかがって。
我が身限って
　自分に限っては。
なまぐさきもの
　肉や魚介のこと。
欲深の名にたてども
　欲深いとの評判は立っているが。
小胆
　気の弱い臆病《おくびょう》な人。
手のひまあらば
　手の空いた時があれば。
44 はじめは…

一件だもの、と自分の頭《つむり》を丸《まろ》めて見せぬ。
信《のぶ》さんかえ、と受けて、嫌《いや》な坊主《ばうず》つたらない、きつと筆か何か買ひに来たのだけれど、私《わたし》たちが居るものだから立ち聞きをして帰つたのであらう、意地悪の、根性《こんじやう》まがりの、ひねつこびれの、吃《どんも》りの、歯ツかけの、嫌なやつめ、入つて来たらさんざんといぢめてやるものを、帰つたは惜《を》しいことをした、どれ下駄《げた》をお貸し、ちよつと見てやる、とて正太に代はつて顔を出せば軒の雨だれ前髪《まへがみ》に落ちて、おお気味が悪いと首を縮めながら、四五軒先の瓦斯灯《がすとう》の下を大黒傘肩《だいこくがさかた》にして少しうつむいてゐるらしくとぼとぼと歩む信如《しんによ》の後ろかげ、いつまでも、いつまでも、いつまでも見送るに、美登利さんどうしたの、と正太は怪《あや》しがりて背中をつつきぬ。
どうもしない、と気のない返事をして、上へあがつて細螺を数へながら、本当に嫌な小僧《こぞう》とつてはない、表向きに威張《ゐば》つた喧嘩《けんくわ》はできもしないで、おとなしさうな顔ばかりして、根性がくすくすしてゐるのだもの憎《にく》らしからうではないか、家《うち》の母《かか》さんが言ふてゐたつけ、がらがらしてゐる者は心がいい

主語は「御新造《ごしんぞ》」。

軒ならび　どの店も軒並《のきな》み。

誰も思ひよらぬことなれば　（まさか寺の御新造が簪《かんざし》の店を開いて客寄せをしていようとは）誰も思わないことだから。

欲なれや　欲のせいだろうか。

跡を追ふ　客の後を追い掛《か》ける。

現在後世ねがひに　現に、後世の極《ごく》楽往生《らくおうじょう》を願いに。

懸直

のだと、それだからくすくすしてゐる信さん何かは心が悪いに相違《さうゐ》ない、ねえ正太さんさうであらう、と口をきはめて信如のことを悪く言へば、それでも龍華寺《りゆうげじ》はまだものがわかつてゐるよ、長吉ときたらあれははやと、生意気に大人の口を真似《まね》れば、およしよ正太さん、子供のくせにませたやうでをかしい、お前はよつぽど剽軽《へうきん》ものだね、とて美登利は正太の頰《ほほ》をつついて、そのまじめがほはと笑ひこけるに、おいらだつてもも少したてば大人になるのだ、蒲田屋《かばたや》の旦那《だんな》のやうに角袖外套《かくそでぐわいたう》か何か着てね、祖母《おばあ》さんがしまつておく金時計をもらつて、そして指輪もこしらへて、巻烟草《まきたばこ》を吸《す》つて、履《は》く物は何がよからうな、おいらは下駄《げた》より雪駄《せつた》が好きだから、三枚裏にして繻珍《しゆちん》の鼻《はな》緒《を》といふのを履くよ、似合ふだらうかと言へば、美登利はくすくす笑ひながら、背《せい》の低い人が角袖外套に雪駄ばき、まあどんなにかをかしからう、目薬の瓶《びん》が歩くやうであらうと誹《おと》すに、馬鹿《ばか》を言つてゐらあ、それまでにはおいらだつて大きくなるさ、こんな小《ちい》つぽけではゐないと威張《ゐば》るに、それではまだいつのことだか知れはしない、天井《てんじやう》の鼠《ねずみ》があれご覧、と指をさすに、筆や

実際の売値より値段を高く言うこと。

言はれもするや　言われたりもするのではないか。

一腹一対　同じ父母のもとで生まれ育って。

さして　これといって。

悉皆　すべて。

目ざせども　見なしているが。

露ばかりも　ほんの少しでも。

46

更くるまで　夜が更けるまで。

詮なく

の女房《つま》を始めとして座にある者みな笑ひころげぬ。

正太は一人まじめになりて、例の目の玉ぐるぐるとさせながら、美登利さんは冗談《じようだん》にしてゐるのだね、誰《だれ》だつて大人にならぬ者はないに、おいらの言ふがなぜをかしからう、奇麗《きれい》な嫁《よめ》さんをもらつて連れて歩くやうになるのだがなあ、おいらはなんでも奇麗のが好きだから、煎餅《せんべい》やのお福《ふく》のやうな痘痕《みつちや》づらや、薪《まき》やのおでこのやうながもし来ようなら、直《ぢき》さま追ひ出して家《うち》へは入れてやらないや、おいらは痘痕《あばた》と湿《しつ》つかきは大嫌《だいきら》ひと力を入れるに、主人《あるじ》の女は吹《ふ》き出して、それでも正さんよく私《わたし》が店へ来てくださるの、伯母《をば》さんの痘痕は見えぬかえと笑ふに、それでもお前は年寄りだもの、おいらの言ふのは嫁さんのことさ、年寄りはどうでもいいとあるに、それは大失敗《おほしくじり》だねと筆やの女房《にようばう》おもしろづくにご機嫌《きげん》をとりぬ。

町内で顔のよいのは花屋のお六さんに、水菓子《みづぐわし》やの喜《き》いさん、それよりも、それよりもずんとよいはお前の隣《となり》にすわつておいでなさるのなれど、正太さんはまあ誰にしようときめてあるえ、お六さんの眼《め》つきか、喜いさんの清元《きよもと》

どうしようもなく。
時の拍子だから　その時のはずみだから。
明巣　留守。不在。
法なし　格好がつかない。
どちばかりは組まないから　へまばかりはしないから。
留めて　念を押《お》して。
台屋　妓楼《ぎろう》で客がとる料理の仕出《しだし》屋。
48 訴へればとて　訴えたとしても。

か、まあどれをえ、と問はれて、正太顔を赤くして、何だお六づらや、喜い公、どこがいいものかと釣《つ》りらんぷの下を少し居退《ゐの》きて、壁際《かべぎは》の方へと尻込《しりご》みをすれば、それでは美登利さんがいいのであらう、さうきめてござんすの、と図星をさされて、そんなことを知るものか、なんだそんなこと、とくるり後ろを向いて壁の腰《こし》ばりを指でたたきながら、回れ回れ水車を小音に唱《うた》ひだす、美登利は衆人《おほく》の細螺《きしやご》を集めて、さあもう一度はじめからと、これは顔をも赤らめざりき。

（十二）

信如《しんによ》がいつも田町《たまち》へ通ふ時、通らでもことは済めどもいはば近道の土手手前に、かりそめの格子門《かうしもん》、のぞけば鞍馬《くらま》の石灯籠《いしどうろ》に萩《はぎ》の袖垣《そでがき》しをらしう見えて、椽先《えんさき》に巻きたる簾《すだれ》のさまもなつかしう、中《なか》がらすの障子のうちには今様の按察《あぜち》の後室《こうしつ》が珠数《じゆず》をつまぐつて、冠《かぶ》つ切《き》りの若紫《わかむらさき》も立ち出《い》づるやと思はるる、その一構《ひとかま》へが大黒《だいこく》屋の寮《れう》なり。

必定なれば　必ずそうなると決まっているから。

程をふれば　時間がたつと。

頭の家　長吉の家。

春は桜の…　以下、吉原遊廓《よしわらゆうかく》とその周辺の町の季節の移り変わりを描《えが》く名文として名高い。

そぞろ　何とはなしに。

日暮里の火の光　当時、火葬場《かそうば》があった。

君が情けの…　歌沢節の一部。

昨日も今日も時雨《しぐれ》の空に、田町の姉より頼《たの》みの長胴着《ながどうぎ》ができたれば、すこしも早う重ねさせたき親心、ご苦労でも学校までのちよつとの間《ま》に持つて行つてくれまいか、定めて花も待つてゐようほどに、と母親よりの言ひつけを、何も嫌《いや》とは言ひ切られぬ温順《おとな》しさに、ただはいはいと小包みをかかへて、鼠《ねずみ》小倉《こくら》の緒《を》のすがりし朴木歯《ほほのきば》の下駄《げた》ひたひたと、信如は雨傘《あまがさ》さしかざして出《い》でぬ。

お歯ぐろ溝《どぶ》の角より曲がりて、いつも行くなる細道をたどれば、運わるう大黒屋《だいこくや》の前まで来し時、さつと吹《ふ》く風大黒傘《だいこくがさ》の上をつかみて、宙へ引きあげるかと疑ふばかりはげしく吹けば、これはならぬと力足《ちからあし》を踏《ふ》みこたゆるとたん、さのみに思はざりし前鼻緒《まえばなを》のずるずると抜《ぬ》けて、傘よりもこれこそ一の大事になりぬ。

信如こまりて舌打ちはすれども、今更《いまさら》なんと法のなければ、大黒屋の門に傘《かさ》を寄せかけ、降る雨を庇《ひさし》に厭《いと》ふて鼻緒《はなを》をつくろふに、常々仕なれぬお坊《ぼう》さまの、これはいかなこと、心ばかりはあせれども、なんとしてもうまくはす

くだくだしや　くどくて煩《わずら》わしいだろうが。

顔のまん中へ…　鼻をさす動作。

花札賭博《とばく》のこと。

50

表の戸を…　表の戸をとざして。

潜*り　潜り戸のこと。

一件だもの　例の件だもの。彼らといざこざのあった、信如《しんによ》のこと。

ひねつこびれの　ひねくれ者の。

くすくすしてゐる　「くすぶる」の意

げることのならぬ口惜《くや》しさ、じれて、じれて、袂《たもと》の中から記事文の下書きしておいた大半紙《おほばんし》をつかみ出し、ずんずんと裂《さ》きて紙縷《こより》をよるに、意地わるの嵐《あらし》またもや落としきて、立てかけし傘《かさ》のころころと転がり出《い》づるを、いまいましいやつめと腹立たしげにいひて、取り止めんと手を延ばすに、膝《ひざ》へ乗せておきし小包み意久地《いくぢ》もなく落ちて、風呂敷《ふろしき》は泥《どろ》に、我が着る物の袂までを汚《よご》しぬ。

見るに気の毒なるは雨の中の傘なし、途中《とちゆう》に鼻緒《はなを》を踏《ふ》み切りたるばかりはなし、美登利《みどり》は障子の中ながら硝子《がらす》ごしに遠く眺《なが》めて、あれ誰《だれ》か鼻緒を切つた人がある、母《かか》さん切れをやつてもようござんすかと尋《たづ》ねて、針箱《はりばこ》の引き出しから友仙《いうぜん》ちりめんの切れ端《はし》をつかみ出し、庭下駄《にはげた》はくももどかしきやうに、馳《は》せ出《い》でて椽先《えんさき》の洋傘《かうもり》さすより早く、庭石の上を伝ふて急ぎ足に来たりぬ。

それと見るより美登利の顔は赤うなりて、どのやうの大事にでもあひしやうに、胸の動悸《どうき》の早くうつを、人の見るかと背後《うしろ》の見られて、恐《おそ》る恐る門の傍《そば》へ寄れば、信如もふつと振《ふ》り返りて、これも無言に脇《わき》を流るる冷や汗《あせ》、は

か。

がらがらしてゐる　性格が開けっぴろげである。

52 誹すに　けなすと。

天井の鼠が…　諺《ことわざ》「明日の事を言えば天井で鼠が笑う」による。将来のことはどうなるかわからない、とからかう意。

直さま　すぐさま。

54 湿つかき　皮膚《ひふ》病「疥癬《かいせん》」を病《や》んでいる人。

だしになりて逃《に》げ出したき思ひなり。
平常《つね》の美登利ならば信如が難儀《なんぎ》の体《てい》を指さして、あれあれあの意久地《いくぢ》なしと笑ふて笑ふて笑ひぬいて、言ひたいままのにくまれ口、よくもお祭りの夜は正太さんに仇《あだ》をするとて私《わたし》たちが遊びの邪魔《じやま》をさせ、罪もない三ちやんをたたかせて、お前は高見《たかみ》で采配《さいはい》を振《ふ》つておいでなされたの、さあ謝罪《あやまり》なさんすか、何とでござんす、私のことを女郎《ぢよらう》女郎と長吉づらに言はせるのもお前の指図、女郎でもいいではないか、塵《ちり》一本お前さんが世話にはならぬ、私には父《とと》さんもあり母《かか》さんもあり、大黒《だいこく》屋の旦那《だんな》も姉《あね》さんもある、お前のやうななまぐさのお世話にはようならぬほどに、よけいな女郎呼ばはり置いてもらひましよ、言ふことがあらば陰《かげ》のくすくすならでここでお言ひなされ、お相手にはいつでもなつて見せまする、さあ何とでござんす、と袂をとらへてまくしかくる勢ひ、さこそは当たり難《がた》うもあるべきを、ものいはず格子《かうし》のかげに小隠《こがく》れて、さりとて立ち去るでもなしにただうぢうぢと胸とどろかすは平常の美登利のさまにてはなかりき。

通らでも　通らなくても。
かりそめの　簡素な。間に合わせの。
萩の袖垣　萩《はぎ》の枝で作られた低い垣《かき》。
今様の　今風の。
按察の後室　『源氏《げんじ》物語』に出てくる按察大納《あぜちだいな》言《ごん》の未亡人。若《わか》紫《むらさき》の祖母。
冠つ切りの　おかっぱ頭の。
長胴着　防寒用の下着。
花　信如《しんによ》の姉の名。

（十三）

　ここは大黒屋のと思ふ時より信如《しんによ》はものの恐《おそ》ろしく、左右を見ずして直《ひた》あゆみにせしなれども、生憎《あやにく》の雨、あやにくの風、鼻緒《はなを》をさへに踏《ふ》み切りて、詮《せん》なき門下《もんした》に紙縷《こより》を縷《よ》る心地《ここち》、憂《う》きことさまざまにどうも堪《た》へられぬ思ひのありしに、飛石《とびいし》の足音は背より冷や水をかけらるるがごとく、顧《かへり》みねどもその人と思ふに、わなわなとふるへて顔の色も変はるべく、後ろ向きになりてなほも鼻緒に心を尽《つ》くすと見せながら、半ばは夢中にこの下駄《げた》いつまでかかりても履《は》けるやうにはならんともせざりき。

　庭なる美登利《みどり》はさしのぞいて、ええ不器用なあんな手つきしてどうなるものぞ、紙縷は婆々《ばば》縷《より》、藁《わら》しべなんぞ前壺《まへつぼ》に抱《だ》かせたとて長もちのすることではない、それそれ羽織の裾《すそ》が地について泥《どろ》になるはご存じないか、あれ傘《かさ》が転がる、あれを畳《たた》んで立てかけておけばよいにと一々もどかしう歯がゆくは思へども、ここに裂《き》れがござんす、これでおすげなされと呼びかくることも

力足を…　足に力を入れて踏みこらえた瞬《しゅん》間《かん》。

なんと法のなければ　これといって方法もないので。

降る雨を…　庇《ひさし》の下で降る雨をよけながら。

56

取り止めんと　（転がる傘《かさ》を）とどめようと。

意久地もなく落ちて　ふがいなく落ちてしまって。

見るに気の毒なるは

せず、これも立ちつくして降る雨袖《そで》に侘《わび》しきを、厭《いと》ひもあへず小隠《こがく》れてうかがひしが、さりとも知らぬ母の親はるかに声をかけて、火のしの火が熾《おこ》りましたぞえ、この美登利さんは何を遊んでゐる、雨の降るに表へ出ての悪戯《いたづら》はなりませぬ、またこの間のやうに風引かうぞと呼び立てられるに、はい今行《ゆ》きますと大きく言ひて、その声信如に聞こえしを恥《は》づかしく、胸はわくわくと上気して、どうでも明けられぬ門の際《きは》にさりとも見過ごしがたき難儀《なんぎ》をさまざまの思案つくして、格子《かうし》の間より手に持つ裂《き》れをものいはず投げ出《い》だせば、見ぬやうに見て知らず顔を信如のつくるに、ええいつものとほりの心根とやるせなき思ひを眼《め》に集めて、少し涙《なみだ》の恨《うら》み顔、何を憎《にく》んでそのやうに無情《つれなき》そぶりは見せらるる、言ひたいことはこなたにあるを、余りな人とこみあぐるほど思ひに迫《せま》れど、母親の呼び声しばしばなるを侘しく、詮方《せんかた》なさに一足二足《ひとあしふたあし》ええ何ぞいの未練くさい、思はく恥づかしと身をかへして、かたかたと飛石《とびいし》を伝ひゆくに、信如は今ぞ淋《さび》しう見かへれば紅入《べにい》り友仙《いうぜん》の雨にぬれて紅葉《もみぢ》の形《かた》のうるはしきが我が足ちかく散りぼひたる、そぞろにゆかしき思

見るからに気の毒なのは。

さすより早くさすかささないかのうちに。

それと見るより信如だと知るやいなや。

どのやうの…どんな一大事に出会ったのかと思われるほど。

これも無言に信如の方も無言のまま。

信如が難儀の…信如の困り果てている様子を。

あれあれあの…以下は架空《かくう》の言葉で、実際は口

ひはあれども、手に取りあぐることをもせず空《むな》しう眺《なが》めて憂《う》き思ひあり。
　我が不器用をあきらめて、羽織の紐《ひも》の長きをはづし、結《ゆ》はひつけにくるくると見とむなき間に合はせをして、これならばと踏《ふ》み試むるに、歩きにくきこと言ふばかりなく、この下駄《げた》で田町《たまち》まで行くことかと今さら難儀《なんぎ》は思へども詮方《せんかた》なくて立ち上がる信如、小包みを横に二足《ふたあし》ばかりこの門をはなるるにも、友仙《いうぜん》の紅葉《もみじ》目に残りて、捨てて過ぐるにしのびがたく心残りして見返れば、信《のぶ》さんどうした鼻緒《はなを》を切つたのか、その姿《なり》はどうだ、見ッともないなと不意に声をかくる者のあり。
　驚《おどろ》いて見かへるに暴れ者の長吉、いま廓内《なか》よりの帰りと覚しく、浴衣《ゆかた》を重ねし唐桟《たうざん》の着物に柿色《かきいろ》の三尺をいつものとほり腰《こし》の先にして、黒《くろ》八の襟《えり》のかかつた新しい半天、印の傘《かさ》をさしかざし高足駄《たかあしだ》の爪皮《つまかは》も今朝よりとはしるき漆《うるし》の色、きはぎはしう見えて誇《ほこ》らしげなり。
　僕《ぼく》は鼻緒を切つてしまつてどうしようかと思つてゐる、本当に弱つてゐるのだ、と信如の意久地《いくぢ》なきことを言へば、さうだらうお前に鼻緒の立ちッこ

にされない。

仇をする
仇《かたき》をとるといって。

なまぐさ
「なまぐさ坊主」の略。俗《ぞく》っぽい僧侶《そうりょ》を罵《ののし》る言葉。

陰のくすくすならで
陰で陰険《いんけん》に言うのではなくて。

さこそは…
そうであってこそ、対抗《たいこう》しづらくもあったはずだが。

さりとて
だからといって。

58 直あゆみに…

はない、いいやおれの下駄を履《は》いて行きねえ、この鼻緒は大丈夫《だいぢやうぶ》だよといふに、それでもお前が困るだらう。何おれは馴《な》れたものだ、かうやつてかうすると言ひながらあわただしう七分《ぶ》三分に尻端折《しりはしを》りて、そんな結はひつけなんぞよりこれがさつぱりだと下駄を脱《ぬ》ぐに、お前はだしになるのかそれでは気の毒だと信如困り切るに、いいよ、おれは馴れたことだ信さんなんぞは足の裏が柔《やは》らかいからはだしで石ごろ道は歩けない、さあこれを履いておいで、とそろへて出《い》だす親切さ、人には疫病神《やくびやうがみ》のやうに厭《いと》はれながらも毛虫眉毛《けむしまゆげ》を動かして優《やさ》しきことばのもれ出づるぞをかしき。信さんの下駄はおれが提《さ》げてゆかう、台処《だいどこ》へはふり込《こ》んでおいたら子細《しさい》はあるまい、さあ履き替《か》へてそれをお出しと世話をやき、鼻緒の切れしを片手に提げて、それなら信さん行つておいで、のちに学校で逢《あ》はうぜの約束、信如は田町《たまち》の姉のもとへ、長吉は我が家の方《かた》へと行き別れるに思ひのとどまる紅入りの友仙はいぢらしき姿を空《むな》しく格子門《かうしもん》の外にとどめぬ。

ひたすら歩いていたけれども。

詮なき門下に　役に立たない門の下で。

憂きことさまざまに…　つらいことがいろいろと思われて、どうにも耐《た》えられない気持ちがしていたが。

顧みねども　振《ふ》り返りはしなかったが。

心を尽くすと　夢中であるように。

庭なる　庭にいる。

*前壺

（十四）

この年三の酉《とり》までありて中《なか》一日はつぶれしかど前後の上天気に大鳥神社《おほとりじんじや》のにぎはひすさまじくここをかこつけに検査場《けんさば》の門より乱れ入る若人《わかうど》たちの勢ひとては、天柱《てんちゆう》くだけ地維《ちゐ》かくるかと思はるる笑ひ声のどよめき、中之町《なかのちやう》の通りはにはかに方角の替《か》はりしやうに思はれて、角町《すみちやう》京町《きやうまち》ところどころのはね橋より、さつさ押《お》せ押せと猪牙《ちよき》がかつた言葉に人波を分くる群れもあり、河岸《かし》の小店《こみせ》の百囀《ももさへ》づりより、優にうづ高き大籬《おほまがき》の楼上《ろうじやう》まで、絃歌《げんか》の声のさまざまに沸《わ》きくるやうなおもしろさはおほかたの人おもひ出《い》でて忘れぬものに思《おぼ》すもあるべし。正太はこの日日がけの集めを休ませもらひて、三五郎が大《おほ》頭《がしら》の店を見舞《みま》ふやら、団子《だんご》屋の背高《せいたか》が愛想気《あいそげ》のない汁粉《しるこ》やをおとづれて、どうだ儲《まう》けがあるかえと言へば、正さんお前いいところへ来た、おれが餡《あん》この種なしになつてもう今からは何を売らう、すぐさま煮《に》かけてはおいたけれど中途《なかたび》お客は断れない、どうしような、と相談をかけられて、知恵《ちゑ》なしのやつ

下駄《げた》の前鼻緒《まえはなお》をすげる穴。

これも　美登利のほうも。

厭ひもあへず　さけようともせず。

*火のし　今のアイロンのようなもの。

どうでも…　どうしても開けられない門。

いつものとほりの心根　いつもの通りの心のありかた。

こみあぐるほど…　涙《なみだ》がこみ上げるほど思いがつのったけれど。

め大鍋《おほなべ》のぐるりにそれッくらゐ無駄《むだ》がついてゐるではないか、それへ湯をまはして砂糖さへ甘《あま》くすれば十人前や二十人は浮《う》いてこよう、どこでもみんなさうするのだお前の店《とこ》ばかりではない、なにこの騒《さわ》ぎの中で好《よ》し悪《あ》しを言ふものがあらうか、お売りお売りと言ひながら先に立つて砂糖の壺《つぼ》を引き寄すれば、目ッかちの母親おどろいた顔をして、お前さんは本当に商人《あきんど》にできてゐなさる、恐《おそ》ろしい知恵者だとほめるに、なんだこんなことが知恵者なものか、今横町《よこちやう》の潮吹《しほふ》きのとこで餡が足りないッてかうやつたを見て来たのでおれの発明ではない、と言ひ捨てて、お前は知らないか美登利《みどり》さんの居るところを、おれは今朝から探してゐるけれどどこへ行つたか筆やへも来ないと言ふ、廓内《なか》だらうかなと問へば、むむ美登利さんはな今の先おれの家《うち》の前を通つて揚屋町《あげやまち》の刎橋《はねばし》から入つていつた、本当に正さん大変だぜ、今日はね、髪《かみ》をかういふふうにこんな嶋田《しまだ》に結《ゆ》つてと、変てこな手つきして、奇麗《きれい》だねあの娘《こ》はと鼻を拭《ふ》きつつ言へば、大巻《おほまき》さんよりなほいいや、だけれどあの子も華魁《おいらん》になるのではかはいさうだと下を向いて正太の答ふるに、いいじやあな

思はく恥づかし　信如の「思惑《おもわく》」であろう。未練があると思われるのが恥ずかしい。

紅入り友仙の…　紅色で紅葉《もみじ》の模様が染め出してある絹《きぬ》の切れ端《はし》の美しいのが。

ゆかしき思ひ　心ひかれる思い。

60

憂き思ひあり　憂鬱《ゆううつ》でつらい思いがある。

我が不器用を…　自分の不器用さをあきらめて。

見とむなき　みっともない。

いか華魁《おいらん》になれば、おれは来年から際物《きはもの》屋になつてお金をこしらへるがね、それを持つて買ひに行くのだと頓馬《とんま》を現すに、洒落《しやら》くさいことを言つてゐらあさうすればお前はきつと振《ふ》られるよ。なぜなぜ。なぜでも振られる理由《わけ》があるのだもの、と顔を少し染めて笑ひながら、それじやあおれも一まはりして来ようや、また後《のち》に来るよと捨て台辞《ぜりふ》して門《かど》に出て、十六七のころまでは蝶《てふ》よ花よと育てられ、と怪《あや》しきふるへ声にこのごろここの流行《はやり》ぶしを言つて、今では勤めが身にしみてと口の内にくり返し、例の雪駄《せつた》の音たかく浮《う》きたつ人の中に交じりて小さき身体《からだ》はたちまちに隠《かく》れつ。

　揉《も》まれて出《い》でし廓《くるわ》の角、向かふより番頭新造《しんぞ》のお妻《つま》と連れ立ちて話しながら来るを見れば、まがひもなき大黒《だいこく》屋の美登利なれどもまことに頓馬の言ひつるごとく、初々《うひうひ》しき大嶋田《おほしまだ》結《ゆ》ひ綿《わた》のやうに絞《しぼ》りばなしふさふさとかけて、鼈甲《べつかふ》のさし込《こみ》、総《ふさ》つきの花かんざしひらめかし、いつよりは極彩色《ごくさいしき》のただ京人形を見るやうに思はれて、正太はあつとも言はず立ち止まりしまましまいつものごとくは抱《だ》きつきもせで打ち守るに、こなたは正太さんかとて走り寄り、

捨て過ぐるに…
　見捨てたまま通り過ぎるのも耐《た》えられず。

印の傘
　店の屋号の入った傘《かさ》。

今朝よりとは…
　今朝からのおろしたてだということがはっきりわかり。

漆の色、…
　漆の色も鮮《あざ》やかに立っていた。

子細はあるまい
　問題はないだろうから。

思ひのとどまる
　美登利・信如二人の思いがとど

お妻どんお前買ひ物があらばもうここでお別れにしましよ、私《わたし》はこの人と一《いつ》処《しよ》に帰ります、左様《さやう》ならとて頭《かしら》を下げるに、あれ美《み》いちやんの現金な、もうお送りはいりませぬとかえ、そんなら私は京町で買ひ物しましよ、とちよこちよこ走りに長屋《ながや》の細道へ駆《か》け込むに、正太はじめて美登利の袖《そで》を引いてよく似合ふね、いつ結つたの今朝かえ昨日かえなぜはやく見せてはくれなかつた、と恨《うら》めしげに甘《あま》ゆれば、美登利打ちしほれて口重く、姉《ねえ》さんの部屋で今朝結つてもらつたの、私は厭《いや》でしようがない、とさしうつむきて往《ゆ》き来を恥《は》ぢぬ。

（十五）

憂《う》く恥づかしく、つつましきこと身にあれば人の褒《ほ》めるは嘲《あざけ》りと聞きなされて、嶋田の髷《まげ》のなつかしさに振《ふ》りかへり見る人たちをば我を蔑《さげす》む眼《め》つきととられて、正太さん私は自宅《うち》へ帰るよと言ふに、なぜ今日は遊ばないのだらう、お前何か小言《こごと》を言はれたのか、大巻《おほまき》さんと喧嘩《けんくわ》でもしたのではないか、

まっている。

62 ここをかこつけに　大鳥神社への参《さん》詣《けい》にかこつけて。

天柱くだけ…　天を支えているという柱がくだけ、大地を支えているという綱《つな》が切れたかと思われるほどの。

猪牙がかつた　猪牙舟《ちょきぶね》の船頭のかけ声のような。

64 絃歌　三味線《しゃみせん》を弾《ひ》きながら歌う声。

際物屋　季節季節の売り

と子供らしいことを問はれて答へはなんと顔の赤むばかり、連れ立ちて団子《だんご》屋の前を過ぎるに頓馬《とんま》は店より声をかけておなかがよろしうございますと仰《ぎやう》山《さん》な言葉を聞くより美登利《みどり》は泣きたいやうな顔つきして、正太さん一処《いつしよ》に来ては嫌《いや》だよと、置きざりに一人足を早めぬ。

お酉《とり》さまへもろともにと言ひしを道引き違《たが》へて我が家の方《かた》へと美登利の急ぐに、お前一処には来てくれないのか、なぜそつちへ帰つてしまふ、あんまりだぜと例のごとく甘《あま》えてかかるを振《ふ》り切るやうにもの言はず行《ゆ》けば、なんのゆゑとも知らねども正太はあきれて追ひすがり袖《そで》をとどめては怪《あや》しがるに、美登利顔のみ打ち赤めて、なんでもない、と言ふ声理由《わけ》あり。

寮《れう》の門をばくぐり入るに正太かねても遊びに来馴《きな》れてさのみ遠慮《ゑんりよ》の家にもあらねば、あとより続いて椽先《えんさき》からそつと上がるを、母親見るより、おお正太さんよく来てくださつた、今朝から美登利の機嫌《きげん》が悪くてみんなあぐねて困つてゐます、遊んでやつてくだされと言ふに、正太は大人らしうかしこまりて加減が悪いのですかとまじめに問ふを、いいえ、と母親怪しき笑顔《ゑがほ》をし

物を扱《あつか》う商売のこと。
こなた　美登利のこと。
往き来を恥ぢぬ　往来を行く人々の視線を恥《は》じた、の意。
憂く恥づかしく…　つらく恥ずかしく、人目をさけたいようなことが身に起こったので。

66
かねても　以前からも。
あぐねて　もてあまして。

て少したてば愈《なほ》りませう、いつでもきまりのわがままさん、さぞお友達とも喧嘩《けんくわ》しませうな、ほんにやり切れぬ嬢《ぢやう》さまではあるとて見かへるに、美登利はいつか小座敷《こざしき》に蒲団抱巻《ふとんかいまき》持ち出《い》でて、帯と上着を脱《ぬ》ぎ捨てしばかり、うつ伏《ぶ》し臥《ふ》してものをも言はず。

　正太は恐《おそ》る恐る枕《まくら》もとへ寄つて、美登利さんどうしたの病気なのか心持ちが悪いのか全体どうしたの、とさのみはすり寄らず膝《ひざ》に手を置いて心ばかりを悩《なや》ますに、美登利は更《さら》に答へもなく押《お》さゆる袖《そで》にしのび音《ね》の涙《なみだ》、まだ結《ゆ》ひこめぬ前髪《まへがみ》の毛の濡《ぬ》れて見ゆるも子細《わけ》ありとはしるけれど、子供心に正太はなんと慰《なぐさ》めの言葉も出《い》でずただひたすらに困り入るばかり、全体何がどうしたのだらう、おれはお前に怒《おこ》られることはしもしないに、何がそんなに腹が立つの、とのぞき込《こ》んで途方《とはう》にくるれば、美登利は眼《め》を拭《ぬぐ》ふて正太さん私《わたし》は怒つてゐるのではありません。

　それならどうしてと問はれれば憂《う》きことさまざまこれはどうでも話のほかのつつましさなれば、誰《だれ》に打ち明けいふ筋ならず、もの言はずしておのづと

子細ありとは…
何か訳があるらしいことは明らかなのだが。

話のほかの…
話すことのできない恥ずかしさなので。

頬《ほほ》の赤うなり、さして何とは言はれねども次第《しだい》次第に心細き思ひ、すべて昨日の美登利の身に覚えなかりし思ひをまうけてものの恥《は》づかしさ言ふばかりなく、成ることならば薄暗《うすぐら》き部屋のうちに誰《たれ》とて言葉をかけもせず我が顔ながむる者なしに一人気ままの朝夕を経たや、さらばこのやうの憂《う》きことありとも人目《ひとめ》つつましからずはかくまでものは思ふまじ、いつまでもいつまでも人形と紙雛《あね》さまとをあひ手にして飯事《ままごと》ばかりしてゐたらばさぞかし嬉《うれ》しきことならんを、ええ厭々《いやいや》、大人になるは厭なこと、なぜこのやうに年をば取る、もう七月十月《ななつきとつき》、一年も以前《もと》へ帰りたいにと老人《としより》じみた考へをして、正太のここにあるをも思はれず、ものいひかければことごとく蹴《け》ちらして、帰つておくれ正太さん、後生だから帰つておくれ、お前が居ると私《わたし》は死んでしまふであらう、ものを言はれると頭痛がする、口を利《き》くと目がまはる、誰も誰も私のところへ来ては厭なれば、お前もどうぞ帰つてと例に似合はぬ愛想《あいそ》づかし、正太はなにとも得ぞ解きがたく、烟《けむり》のうちにあるやうにてお前はどうしても変てこだよ、そんなことを言ふはずはないに、をかしい人だね、とこれはい

朝夕を経たや　朝夕を過ごしたい。
さらば　そうであるならば。
人目つつましからずは　人目をはばかることがないならば。
あるをも思はれず　いることも忘れて。
愛想づかし　つれなく扱《あつか》うこと。
得ぞ解きがたく　まったく理解することができず。

ささか口惜《くちを》しき思ひに、落ちついて言ひながら目には気弱の涙《なみだ》のうかぶを、何とてそれに心を置くべき帰つておくれ、帰つておくれ、いつまでここに居てくれればもうお友達でもなんでもない、厭な正太さんだと憎《にく》らしげに言はれて、それならば帰るよ、お邪魔《じやま》さまでございましたとて、風呂場《ふろば》に加減見る母親には挨拶《あいさつ》もせず、ふいと立つて正太は庭先よりかけ出《い》だしぬ。

（十六）

真一文字《まいちもんじ》に駆《か》けて人中を抜《ぬ》けつ潜《くぐ》りつ、筆屋の店へをどり込《こ》めば、三五郎はいつか店をば売りしまふて、腹掛《はらが》けのかくしへ若干金《なにがし》かをじやらつかせ、弟妹引きつれつつ好きな物をばなんでも買への大兄《おほにい》さん、大愉快《おほゆくわい》の最中《もなか》へ正太の飛び込み来しなるに、やあ正さん今お前をば探してゐたのだ、おれは今日はだいぶの儲《まう》けがある、何か奢《おご》つて上げやうかと言へば、馬鹿《ばか》をいへ手前《てめへ》に奢つてもらふおれではないわ、黙《だま》つてゐろ生意気はつくなといつになく荒《あら》いことを言つて、それどころではないとて鬱《ふさ》ぐに、なんだなんだ喧嘩《けんくわ》かと食べかけの餡《あん》ぱんを懐中《ふところ》に捻《ね》ぢ込《こ》んで、相手は誰《だれ》だ、龍華寺《りゆうげじ》か長吉か、どこで始まつた廓内《なか》か鳥居前か、お祭りの時とは違《ちが》ふぜ、不意でさへなくは負けはしない、おれが承知だ先棒《さきぼう》は振《ふ》らあ、正さん胆《きも》ッ玉《たま》をしつかりしてかかりねえ、と競《きそ》ひかかるに、ええ気の早いやつめ、喧嘩《けんくわ》ではない、とてさすがに言ひかねて口をつぐめば、でもお前が大層らしく飛び込んだからおれは一途《いちづ》に喧嘩かと思つた、だけれど正さん今夜はじまらなければもうこれから喧嘩の起こりッこはないね、長吉の野郎片腕《やらうかたうで》がなくなるものと言ふに、なぜどうして片腕がなくなるのだ。お前知らずかおれもたッた今うちの父《とつ》さんが龍華寺の御新造《ごしんぞ》と話してゐたを聞いたのだが、信さんはもう近々どこかの坊《ばう》さん学校へ入るのだとさ、衣《ころも》を着てしまへば手が出ねえや、空《から》つきりあんな袖《そで》のぺらぺらした、恐《おそ》ろしい長いものをまくり上げるのだからね、さうなれば来年から横町も表も残らずお前の手下だよとそやすに、よしてくれ二銭もらふと長吉の組になるだらう、お前みたやうのが百人中間《なかま》にあつたとてちつとも嬉《うれ》しいことはない、着きたい方へどこへでも着きねえ、おれは人は頼《たの》まない真《ほん》

先棒は振らあ　喧嘩《けんか》の先頭に立つよ。

競ひかかるに　先を争うようにすると。

片腕が…　信頼《しんらい》できるやつがいなくなるのだもの。

衣を着てしまへば　僧侶《そうりよ》の衣を着てしまえば。出家してしまえば。

そやすに　おだて上げると。

の腕《うで》ッこで一度龍華寺とやりたかつたに、よそへ行《ゆ》かれては仕方がない、藤本《ふぢもと》は来年学校を卒業してから行くのだと聞いたが、どうしてそんなに早くなつたらう、しやうのない野郎だと舌打ちしながら、それは少しも心に止まらねども美登利《みどり》が素振《そぶ》りのくり返されて正太は例の歌も出ず、大路《おほぢ》の往《ゆ》き来のおびただしきさへ心淋《さび》しければにぎやかなりとも思はれず、火ともしごろより筆やが店に転がりて、今日の酉《とり》の市《いち》めちやめちやにここもかしこも怪《あや》しきことなりき。

美登利はかの日を始めにして生まれかはりしやうの身のふるまひ、用ある折は廓《くるわ》の姉のもとにこそ通へ、かけても町に遊ぶことをせず、友達さびしがりて誘《さそ》ひにと行けば今に今にと空《から》約束はてしなく、さしもになかよしなりけれど正太とさへに親しまず、いつも恥《は》づかしげに顔のみ赤めて筆やの店に手《て》踊《をど》りの活発さは再び見るに難《かた》くなりける、人は怪しがりて病のせゐかと危《あや》ぶむもあれども母親一人ほほ笑《ゑ》みては、いまにお俠《きやん》の本性は現れまする、これ

真の腕ッこで　本当に自分の腕一本で。

火ともしごろ　夕暮れ時。

かけても　全然(…しない)。

さしもに　あれほど。

は中休みと子細《わけ》ありげに言はれて、知らぬ者にはなんのことども思はれず、女らしう温順《おとな》しうなつたと褒《ほ》めるもあればせつかくのおもしろい子を種なしにしたと誹《そし》るもあり、表町はにはかに火の消えしやう淋《さび》しくなりて正太が美《び》音《おん》も聞くことまれに、ただ夜な夜なの弓張提灯《ゆみはりぢやうちん》、あれは日がけの集めとしるく土手を行《ゆ》く影《かげ》そぞろ寒げに、折ふし供する三五郎の声のみいつに変はらず滑稽《おどけ》ては聞こえぬ。

龍華寺《りゆうげじ》の信如《しんによ》が我が宗の修業《しゆげふ》の庭に立ち出《い》づるうはさをも美登利は絶えて聞かざりき、ありし意地をばそのままに封《ふう》じ込《こ》めて、ここしばらくの怪《あや》しの現象《さま》に我を我とも思はれず、ただ何事も恥《は》づかしうのみありけるに、ある霜《しも》の朝水仙《すいせん》の作り花を格子門《かうしもん》の外よりさし入れ置きし者のありけり、誰《たれ》の仕《し》業《わざ》と知るよしなけれど、美登利は何ゆゑとなく懐《なつ》かしき思ひにて違《ちが》ひ棚《だな》の一輪ざしに入れて淋しく清き姿をめでけるが、聞くともなしに伝へ聞くその明けの日は信如が何がしの学林に袖《そで》の色かへぬべき当日なりしとぞ。

（終）

美音
　美しい歌声。
しるく
　はっきりとわかり。
ありし意地をば
　以前の意地を。
懐かしき思ひ
　心ひかれる思い。
その明けの日
　その明くる日。

にごりえ

（二）

おい木村《きむら》さん信《しん》さん寄つておいでよ、お寄りといつたら寄つてもいいではないか、また素通《すどほ》りで二葉《ふたば》やへ行《ゆ》く気だらう、押《お》しかけて行つて引きずつてくるからさう思ひな、ほんとにお湯《ぶう》なら帰りにきつとよつておくれよ、嘘《うそ》つ吐《つ》きだから何を言ふか知れやしないと店先に立つて馴染《なじみ》らしき突《つ》ツかけ下駄《げた》の男をとらへて小言をいふやうなものの言ひぶり、腹も立たずか言ひ訳しながら後刻《のち》に後刻にと行き過ぎるあとを、ちよつと舌打ちしながら見送つて後にもないもんだ来る気もないくせに、本当に女房《にようばう》もちになつては仕方がないねと店に向かつて閾《しきゐ》をまたぎながら一人言をいへば、高《たか》ちやんだいぶご述《じつ》懐《くわい》だね、何もそんなに案じるにも及《およ》ぶまい焼棒杭《やけぼつくひ》と何とやら、またよりの戻《もど》ることもあるよ、心配しないで呪《まじなひ》でもして待つがいいさと慰《なぐさ》めるやうな朋輩《ほうばい》の口ぶり、力《りき》ちやんと違《ちが》つて私《わたし》には技倆《うで》がないからね、一人でも逃《に》がしては残念さ、私のやうな運の悪い者には呪も何もききはしない、今夜もまた木戸《きど》

お湯　銭湯。
馴染らしき　なじみ客らしい。
ご述懐だね　愚痴《ぐち》をお言いだね、の意
朋輩　同僚《どうりょう》。
木戸番　ここでは、なかなか客がつかないので、いつまでも店の入り口で客引きをしなければならないこと。

番《ばん》か、なんたらことだおもしろくもないと肝癪《かんしゃく》まぎれに店前《みせさき》へ腰《こし》をかけて駒《こま》下駄《げた》のうしろでとんとんと土間を蹴《け》るは二十の上を七つか十か引《ひ》き眉毛《まゆげ》に作り生《は》え際《ぎは》、白粉《おしろい》べつたりとつけて唇《くちびる》は人食ふ犬のごとく、かくては紅《べに》もいやらしきものなり、お力《りき》と呼ばれたるは中肉の背恰好《せいかつかう》すらりつとして洗ひ髪《がみ》の大嶋田《おほしまだ》に新わらのさはやかさ、えりもとばかりの白粉も栄《は》えなく見ゆる天然の色白をこれみよがしに乳《ち》のあたりまで胸くつろげて、烟草《たばこ》すぱすぱ長烟管《ながぎせる》に立膝《たてひざ》の無作法《ぶさはふ》さもとがめる人のなきこそよけれ、思ひ切つたる大形の浴衣《ゆかた》に引つかけ帯は黒繻子《くろじゆす》と何やらのまがひ物、緋《ひ》の平《ひら》ぐけが背《せ》のところに見えて言はずと知れしこのあたりの姉《あね》さまふうなり、お高といへるは洋銀《やうぎん》の簪《かんざし》で天神《てんじん》がへしの髷《まげ》の下を掻《か》きながら思ひ出したやうに力ちやんさつきの手紙お出しかといふ、はあと気のない返事をして、どうで来るのではないけれど、あれもお愛想さと笑つてゐるに、たいていにおしよ巻紙二尋《ふたひろ》も書いて二枚切手の大封《おほふう》じがお愛想でできるものかな、そしてあの人は赤坂《あかさか》以来《から》の馴染《なじみ》ではないか、少しやそつとの紛雑《いざ》があらうとも縁切《えんぎ》れになつてたまるものか、お

唇は…
口紅がまるで血のようにべったりとつけられていることを表す。

新わら
髷の根つけに、新藁《しんわら》を結んでいる。

大形の浴衣
柄《がら》の大きい浴衣。

黒繻子と…
表は黒繻子を用い、裏は粗末《そまつ》な布でごまかした帯。

平ぐけ
帯の下にしめる細帯。

姉さまふう
姉御《あねご》ふう。

前の出かた一つでどうでもなるに、ちつとは精を出して取り止めるやうに心がけたらよかろ、あんまり冥利《みやうり》がよくあるまいと言へばご親切にありがたう、ご異見は承《うけたまは》りおきまして私《わたし》はどうもあんなやつは虫が好かないから、無き縁とあきらめてくださいと人事《ひとごと》のやうにいへば、あきれたものだのと笑つてお前などはそのわがままが通るから豪勢《がうせい》さ、この身になつては仕方がないと団扇《うちは》を取つて足元をあふぎながら、昔は花よの言ひなしをかしく、表を通る男を見かけて寄つておいでと夕ぐれの店先にぎはひぬ。

　店は二間間口《まぐち》の二階作り、軒《のき》には御《ご》神灯さげて盛り塩景気よく、空瓶《あきびん》か何か知らず、銘酒《めいしゆ》あまた棚《たな》の上にならべて帳場めきたるところもみゆ、勝手元《かつてもと》には七輪《しちりん》をあふぐ音折々に騒《さわ》がしく、女主《あるじ》が手づから寄せ鍋茶椀《なべちやわん》むしぐらゐはなるも道理《ことわり》、表にかかげし看板を見れば子細らしく御料理《おんれうり》とぞしたためける、さりとて仕出《しだ》し頼《たの》みに行きたらば何とかいふらん、にはかに今日《こんにち》品切れもをかしかるべく、女ならぬお客様は手前店《てまへみせ》へお出かけを願ひますとも言ふにかたからん、世はご方便《はうべん》や商売がらを心得て口取り焼肴《やきざかな》とあつらへに来

どうで
　どうせ。
二枚切手の大封じ
　切手二枚をはるぐらいに長い手紙。
冥利がよくあるまい
　めぐりあわせがよくないだろう。
昔は花よの…
　昔はならしたものだった、というような言い方が。
二間
　一間は約一・八メートル。
子細らしく
　もっともらしく。
仕出し

る田舎《ゐなか》ものもあらざりき、お力といふはこの家《や》の一枚看板、年は随一《ずいいち》若けれども客を呼ぶに妙《めう》ありて、さのみは愛想の嬉《うれ》しがらせを言ふやうにもなくわがまま至極《しごく》の身のふるまひ、少し容貌《きりやう》の自慢《じまん》かと思へば小面《こづら》が憎《にく》いと陰口《かげぐち》いふ朋輩《ほうばい》もありけれど、つきあつては存《ぞん》の外《ほか》やさしいところがあつて女ながらも離《はな》れともない心持ちがする、ああ心とて仕方のないもの面《おも》ざしがどことなく冴《さ》えて見えるはあの子の本性が現れるのであらう、誰《たれ》しも新開《しんかい》へ入るほどの者で菊《きく》の井《ゐ》のお力を知らぬはあるまじ、菊の井のお力か、お力の菊の井か、さても近来まれの拾ひもの、あの娘《こ》のお陰《かげ》で新開の光が添《そ》はつた、抱《かか》へ主《ぬし》は神棚《かみだな》へささげて置いてもいいとて軒並《のきなら》びの羨《うら》やみ種《ぐさ》になりぬ。

　お高は往《ゆ》き来の人のなきを見て、力ちゃんお前のことだから何があつたからとて気にしてもゐまいけれど、私《わたし》は身につまされて源《げん》さんのことが思はれる、それは今の身分に落ちぶれては根つからいいお客ではないけれども思ひ合うたからには仕方がない、年が違《ちが》をが子があろがさ、ねえさうではないか、お内儀《かみ》さんがあるといつて別れられるものかね、かまふことはない呼び出し

注文に応じて、料理を配達すること。

言ふにかたからん
言うのも難しいだろう。

世はご方便や
世の中はうまくできているものよ。

78

存の外
思いの外。

ああ心とて…
ああ、心とは隠しようのないものよ。

新開
新しく拓《ひら》かれた土地。

添はつた

ておやり、私のなぞといつたら野郎《やらう》が根から心替《こころが》はりがして顔を見てさへ逃《に》げ出すのだから仕方がない、どうで諦《あきら》めもので別口へかかるのだがお前のはそれとは違ふ、了簡《れうけん》一つでは今のお内儀さんに三下《みくだ》り半《はん》をもやられるのだけれど、お前は気位が高いから源さんと一処《ひとつ》にならうとは思ふまい、それだものなほのこと呼ぶ分に子細があるものか、手紙をお書き今に三河《みかは》やの御用聞きが来るだらうからあの子僧《こぞう》に使ひやさんをさせるがいい、なんの人お嬢様《ぢやうさま》ではあるまいしご遠慮《ゑんりよ》ばかり申してなるものかな、お前は思ひ切りがよすぎるからいけないともかく手紙をやつてごらん、源さんもかはいさうだわなと言ひながらお力を見れば烟管掃除《きせるさうぢ》に余念のなきかうつむきたるままものいはず。

やがて雁首《がんくび》をきれいに拭《ふ》いて一服《ぷく》すつてポンとはたき、またすひつけてお高に渡《わた》しながら気をつけておくれ店先で言はれると人聞きが悪いではないか、菊の井のお力は土方の手伝ひを情夫《まぶ》に持つなどと考違《かんちが》へをされてもならない、それは昔の夢がたりさ、なんの今は忘れてしまつて源とも七とも思ひ出され

加わった。

別口へかかる　他の男にとりかかる。

三下り半　離縁状《りえんじょう》。

情夫　本気の恋人。

ぬ、もうその話はやめやめといひながら立ちあがる時表を通る兵児帯《へこおび》の一むれ、これ石川《いしかは》さん村岡《むらをか》さんお力の店をお忘れなされたかと呼べば、いや相変はらず豪傑《がうけつ》の声がかり、素通《すどほ》りもなるまいとてずつと入るに、たちまち廊下《らうか》にばたばたといふ足おと、姉さんお銚子《てうし》と声をかければ、お肴《さかな》は何をと答ふ、三味《さみ》の音景気よく聞こえて乱舞《らんぶ》の足音これよりぞ聞こえ初《そ》めぬ。

（二）

さる雨の日のつれづれに表を通る山高帽子《やまだかぼうし》の三十男、あれなりととらずんばこの降りに客の足とまるまじとお力《りき》かけ出して袂《たもと》にすがり、どうでもやりませぬと駄々《だだ》をこねれば、容貌《きりやう》よき身の一徳《いつとく》、例になき子細らしきお客を呼び入れて二階の六畳《でふ》に三味線《さみせん》なしのしめやかなる物語、年を問はれて名を問はれてその次は親もとの調べ、士族かといへばそれは言はれませぬといふ、平民かと問へばどうござんせうかと答ふ、そんなら華族《くわぞく》と笑ひながら聞くに、まあさうおもうてゐてくだされ、お華族の姫様《ひいさま》が手づからのお酌《しやく》、かたじけ

*兵児帯の一むれ　書生たちの一群。兵児帯は明治十五年ころから書生の間で流行した。

あれなりと　あの男ぐらいは。

子細らしき　事情のありそうな。わけありげな。

置きつぎ　杯《さかずき》を膳《ぜん》などの上に置いたまま酒をつぐこと。

小笠原　小笠原流礼法をさす。

大平の蓋　大平椀《わん》の蓋。大

なくお受けなされとてなみなみとつぐに、さりとは無作法な置きつぎといふがあるものか、それは小笠原《をがさはら》か、何流ぞといふに、お力流とて菊《きく》の井《ゐ》一家の作法、畳に酒のますする流気《りうぎ》もあれば、大平《おほひら》の蓋《ふた》であふらする流気もあり、いやなお人にはお酌をせぬといふが大詰《おほづ》めの極《きま》りでござんすとて臆《おく》したるさまもなきに、客はいよいよおもしろがりて履歴《りれき》をはなして聞かせよ定めて凄《すさ》ましい物語があるに相違《さうゐ》なし、ただの娘《むすめ》あがりとは思はれぬどうだとあるに、ご覧なさりませまだ鬢《びん》の間に角も生えませず、そのやうに甲羅《かふら》は経《へ》ませぬとてころころと笑ふを、さうぬけてはいけぬ、真実のところを話して聞かせよ、素性《すじやう》が言へずは目的でもいへとて責める、むづかしうござんすね、いふたらあなたびつくりなさりましよ天下を望む大伴《おほとも》の黒主《くろぬし》とは私《わたし》がことゝていよいよ笑ふに、これはどうもならぬそのやうに茶利《ちやり》ばかり言はで少し真実《しん》のところを聞かしてくれ、いかに朝夕《てうせき》を嘘《うそ》の中に送るからとてちつとは誠《まこと》も交じるはず、良人《をつと》はあつたか、それとも親ゆゑかと真《しん》になつて聞かれるにお力かなしくなりて、私だとて人間でござんすほどに少しは心にしみることもありま

きくて平たい。

あふらする　一気に飲ませる。

大詰めの極り　毎回の決まり。

まだ鬢の間に…　いずれも、年功《ねんこう》を積んだあつかましい女にはなっていない、という比喩《ひゆ》。

ぬけてはいけぬ　言い抜《ぬ》けてはいけない。

天下を望む…　常磐津「積恋雪関扉」の一節。

茶利　滑稽《こっけい》・道化。

真になつて　真剣《しんけん》になって。

する、親は早くになくなつて今は真実《ほん》の手と足ばかり、こんな者なれど女房《にようばう》に持たうといふてくださるもないではなけれどまだ良人《をつと》をば持ちませぬ、どうで下品に育ちました身なればこんなことして終はるのでござんしよと投げ出したやうなことばに無量の感があふれてあだなる姿の浮気《うはき》らしきに似ず一《ひと》節《ふし》さむらう様子のみゆるに、何も下品に育つたからとて良人の持てぬことはあるまい、ことにお前のやうな別品さんではあり、一足とびに玉《たま》の輿《こし》にも乗れさうなもの、それともそのやうな奥様《おくさま》あつかひ虫が好かでやはり伝法肌《でんぽふはだ》の三尺帯が気に入るかなと問へば、どうでそこらが落ちでござりましよ、こちらで思ふやうなは先様《さきさま》が嫌《いや》なり、来いといつてくださるお人の気に入るもなし、浮気のやうに思召《おぼしめ》しませうがその日送りでござんすといふ、いやさうは言はさぬ相手のないことはあるまい、今店先で誰《たれ》やらがよろしく言うたと他《ほか》の女が言伝《ことづ》てたではないか、いづれおもしろいことがあらう何とだといふに、ああ貴君《あなた》もいたり穿索《せんさく》なさります、馴染《なじみ》はざら一面、手紙のやりとりは反古《ほご》の取りかへッこ、書けとおつしやれば起証《きしやう》でも誓紙《せいし》でもお好み次第《しだい》さし上げ

下品に　下層の階級に。

一節さむらう　どことなく際だった感じ。

伝法肌の三尺帯　いきで威勢《いせい》のいい職人。

いたり穿索…　うるさく知ろうとなさいますね。

ざら一面　たくさんあって珍しくないこと。

ませう、女夫《めをと》やくそくなどと言つてもこちで破るよりは先方様《さきさま》の性根《しやうね》なし、主人もちなら主人が怕《こは》く親もちなら親の言ひなり、振《ふ》り向いて見てくれねばこちらも追ひかけて袖《そで》をとらへるに及《およ》ばず、それならよせとてそれぎりになりまする、相手はいくらもあれども一生を頼《たの》む人がないのでござんすとて寄る辺《べ》なげなる風情《ふぜい》、もうこんな話は廃《よ》しにして陽気にお遊びなさりまし、私《わたし》は何も沈《しづ》んだことは大嫌《だいきら》ひ、さわいでさわいで騒《さわ》ぎぬかうと思ひますとて手をたたいて朋輩《ほうばい》を呼べば力ちやんだいぶおしめやかだねと三十女の厚化粧《あつげしやう》が来るに、おいこの娘《こ》の可愛《かあい》い人は何といふ名だとだしぬけに問はれて、はあ私はまだお名前を承《うけたまは》りませんでしたといふ、嘘《うそ》をいふと盆《ぼん》が来るに焔魔様《えんまさま》へお参りができまいぞと笑へば、それだとつて貴君今日お目にかかつたばかりではござりませんか、今改めて伺《うかが》ひに出ようとしてゐましたといふ、それは何のことだ、貴君のお名をさと揚《あ》げられて、馬鹿《ばか》馬鹿お力が怒《おこ》るぞと大景気、無駄《むだ》ばなしの取りやりに調子づいて旦那《だんな》のお商売を当ててみませうかとお高《たか》がいふ、何分《なにぶん》願ひますと手のひらを差し出せば、いえそれには及《およ》びませ

性根なし　本気でそうしようという気がない。

揚げられて　おだてられて。

ぬ人相で見まするとていかにも落ちつきたる顔つき、よせよせじつと眺《なが》められて棚《たな》おろしでも始まつてはたまらぬ、かう見えても僕《ぼく》は官員だといふ、嘘《うそ》をおつしやれ日曜のほかに遊んであるく官員様がありますものか、力ちゃんまあ何でいらつしやらうといふ、化け物ではいらつしやらないよと鼻の先で言つてわかつた人にご褒賞《はうび》だと懐中《ふところ》から紙入れを出《い》だせば、お力笑ひながら高ちゃん失礼をいつてはならないこのお方《かた》は御大身《ごたいしん》の御華族様《ごくわぞくさま》おしのびあるきのご遊興さ、何の商売などがおありなさらう、そんなのではないと言ひながら蒲団《ふとん》の上に乗せて置きし紙入れを取りあげて、お相方《あひかた》の高尾《たかを》にこれをばお預けなされまし、みなの者に祝義《しうぎ》でもつかはしませうとて答へも聞かずずんずんと引き出《い》だすを、客は柱に寄りかかつて眺めながら小言もいはず、諸事おまかせ申すと寛大《くわんだい》の人なり。

お高はあきれて力ちゃんたいていにおしよといへども、何いいのさ、これはお前にこれは姉さんに、大きいので帳場の払《はら》ひを取つて残りはみんなにやつてもいいとおつしやる、お礼を申していただいておいでとまき散らせば、

官員　官吏《かんり》のこと。

鼻の先で言つて　すげない態度で言って。

御大身　「大身」は高位高官にあること。

高尾　江戸吉原遊廓《えどよしわらゆうかく》で引き継《つ》がれた名《めい》妓《ぎ》の名。

大きいの　五円紙幣《しへい》ぐらいか。

十八番　最も得意とする

これをこの娘《こ》の十八番に馴《な》れたることとて左《さ》のみは遠慮《ゑんりよ》もいうてはゐず、旦《だん》那《な》よろしいのでございますか駄目《だめ》を押《お》して、ありがたうございますとかきさらつてゆくうしろ姿、十九にしては更《ふ》けてるねと旦那どの笑ひだすに、人の悪いことをおつしやるとてお力は起《た》つて障子を明け、手摺《てす》りに寄つて頭痛をたたくに、お前はどうする金は欲《ほ》しくないかと問はれて、私《わたし》は別にほしい物がござんした、これさへいただけば何よりと帯の間から客の名刺《めいし》をとり出していただくまねをすれば、いつの間に引き出した、お取りかへには写真をくれとねだる、この次の土曜日に来てくだされぱご一処《いつしよ》にうつしませうとて帰りかかる客を左のみは止めもせず、うしろにまはりて羽織をきせながら、今日は失礼をいたしました、またのお出《い》でを待ちますといふ、おい程《ほど》のいいことをいふまいぞ、空誓文《そらせいもん》はご免《めん》だと笑ひながらさつさつと立つて階段《はしご》を下りるに、お力帽子《ぼうし》を手にして後ろから追ひすがり、嘘か誠《まこと》か九十九夜《よ》の辛棒《しんぼう》をなさりませ、菊《きく》の井《ゐ》のお力は鋳型《いがた》に入つた女でござんせぬ、また形《なり》のかはることもありまするといふ、旦那《だんな》お帰りと聞いて朋輩《ほうばい》の女、帳場の女主《あるじ》もか

こと。

程のいい　調子のいいこと。

空誓文　口だけの約束。

九十九夜の辛棒　深草《ふかくさ》の少将が小《お》野小町《のこまち》との恋《こい》を成就《じょうじゅ》させるため彼女《かのじょ》のもとに百夜通い続ける約束をしたが、九十九夜目に雪道で凍《こご》え死んだという「通小町《かよいこまち》伝説」をふまえる。

鋳型に入った女　いつも決まり切った状態でいる女。

け出してただ今はありがたうと同音のお礼、頼《たの》んでおいた車が来しとてここからして乗り出せば、家中《うちぢゆう》表へ送り出してお出でを待ちまするの愛想、御祝《ごしう》義《ぎ》の余光《ひかり》としられて、あとには力ちやん大明神様これにもありがたうのお礼山々。

（二）

客は結城朝之助《ゆふきとものすけ》とて、自ら道楽ものとは名のれども実体《じつてい》なるところ折々に見えて身は無職業妻子なし、遊ぶに屈強《くつきやう》なる年ごろなればにやこれを初めに一週には二三度の通ひ路、お力《りき》もどことなく懐《なつ》かしく思ふかして三日見えねば文をやるほどの様子を、朋輩《はうばい》の女子《をんな》ども岡焼《をかや》きながらからかひては、力ちやんお楽しみであらうね、男ぶりはよし気前はよし、いまにあの方は出世をなさるに相違《さうゐ》ない、その時はお前のことを奥様《おくさま》とでもいふのであらうに今つから少し気をつけて足を出したり湯呑《ゆのみ》であふるだけはやめにおし人がらが悪いやねと言ふもあり、源《げん》さんが聞いたらどうだらう気違《きちが》ひになるかもしれな

ここからして
菊《きく》の井《い》の入り口から。

実体なるところ
真面目なところ。

遊ぶに屈強なる…
遊ぶのにちょうど良い年ごろ。

岡焼き
自分に関係のない他人の仲を嫉《しつ》妬《と》すること。

湯呑であふる
湯呑みで酒を飲む。

人がらが悪いやね
品が悪いよ。

いとてひやかすもあり、ああ馬車にのつてくる時都合が悪いから道普請《みちぶしん》からしてもらひたいね、こんな溝板《どぶいた》のがたつくやうな店先へそれこそ人がらが悪くて横づけにもされないではないか、お前方ももう少しお行義《ぎやうぎ》を直してお給仕に出られるやう心がけておくれとずばずばといふに、エエ憎《にく》らしいそのものいひを少し直さずは奥様らしく聞こえまい、結城さんが来たら思ふさまいふて、小言をいはせてみせようとて朝之助の顔を見るよりこんなことを申してゐまする、どうしても私《わたし》どもの手にのらぬやんちやなれば貴君《あなた》から叱《しか》つてくだされ、第一湯吞で吞《の》むは毒でござりましよと告げ口するに、結城はまじめになりてお力酒だけは少しひかへろとの厳命、ああ貴君のやうにもないお力が無理にも商売してゐられるはこの力と思し召《おぼしめ》さぬか、私に酒気《さかけ》が離《はな》れたら座敷《ざしき》は三昧堂《さんまいだう》のやうになりませう、ちつと察してくだされといふになるほどなるほどとて結城は二言《にごん》といはざりき。

ある夜の月に下座敷《したざしき》へはどこやらの工場《こうば》の一むれ、丼《どんぶり》たたいて甚九《じんく》かつぽれの大騒《おほさわ》ぎにおほかたの女子《をなご》は寄り集まつて、例の二階の小《こ》座敷には結城

道普請　道路工事。

直さずは　直さなければ。

手にのらぬ　手に負えない。

貴君のやうにもない　普段《ふだん》のあなたらしくもない。

三昧堂　念仏修行をするお堂。

とお力の二人限《ぎ》りなり、朝之助は寝《ね》ころんで愉快《ゆくわい》らしく話をしかけるを、お力はうるささうに生返事をして何やらん考へてゐる様子、どうかしたか、また頭痛でもはじまつたかと聞かれて、なに頭痛もなにもしませぬけれどしきりに持病が起こつたのですといふ、お前の持病は肝癪《かんしやく》か、いいえ、血の道か、いいえ、それでは何だと聞かれて、どうも言ふことはできませぬ、でも他《ほか》の人ではなし僕《ぼく》ではないかどんなことでも言ふてよささうなもの、まあ何の病気だといふに、病気ではござんせぬ、ただこんなふうになつてこんなことを思ふのですといふ、困つた人だないろいろ秘密があると見える、お父《とつ》さんはと聞けば言はれませぬといふ、お母《つか》さんはと問へばそれも同じく、これまでの履歴《りれき》はといふに貴君《あなた》には言はれぬといふ、まあ嘘《うそ》でもいいさよしんば作《つく》り言《ごと》にしろ、かういふ身の不幸せだとかたいていの女《ひと》はいはねばならぬ、しかも一度や二度あふのではなしそのくらゐのことを発表しても子細はなからう、よし口に出して言はなからうともお前に思ふことがあるくらゐめくら按摩《あんま》にさぐらせても知れたこと、聞かずとも知れてゐるが、それをば聞くのだ、ど

血の道　婦人病。

よしんば…　たとえ作りごとであるにしろ。

つち道同じことだから持病といふのを先に聞きたいといふ、およしなさいまし、お聞きになつてもつまらぬことでござんすとてお力は更《さら》に取りあはず。

折から下座敷《したざしき》より杯盤《はいばん》を運びきし女の何やらお力に耳打ちしてともかくも下までお出《い》でよといふ、いや行《ゆ》きたくないからよしておくれ、今夜はお客が大変に酔《ゑ》ひましたからお目にかかつたとてお話もできませぬと断つておくれ、ああ困つた人だねと眉《まゆ》を寄せるに、お前それでもいいのかへ、はあいいのさとて膝《ひざ》の上で撥《ばち》をもてあそべば、女は不思議さうに立つてゆくを客は聞きすまして笑ひながらご遠慮《ゑんりよ》には及《およ》ばない、逢《あ》つてきたらよからう、何もそんなに体裁《ていさい》には及ばぬではないか、可愛《かはい》い人を素戻《すもど》しもひどからう、追ひかけて逢ふがいい、なんならここへでも呼びたまへ、片隅《かたすみ》へ寄つて話の邪魔《じやま》はすまいからといふに、串談《じようだん》はぬきにして結城さん貴君に隠《かく》したとて仕方がないから申しますが町内で少しは巾《はば》もあつた蒲団《ふとん》やの源七といふ人、久しい馴染《なじみ》でござんしたけれど今は見るかげもなく貧乏《びんばふ》して八百屋《やほや》の裏の小さな家《うち》にまひまひつぶろのやうになつてゐまする、女房《にようぼ》もあり子供もあり、私《わたし》がやうな

聞きすまして
　残らず聞いて。
体裁には及ばぬ…
　体裁をとりつくろう必要はないではないか。
素戻し
　会わずにそのまま帰らせること。
巾もあつた
　幅《はば》をきかせていた。
まひまひつぶろ
　かたつむり。

者に逢《あ》ひに来る歳《とし》ではなけれど、縁《えん》があるかいまだに折ふし何のかのといつて、今も下座敷《したざしき》へ来たのでござんせう、何も今さら突《つ》き出すといふわけではないけれど逢つてはいろいろ面倒《めんだう》なこともあり、寄らず障《さは》らず帰したはうがいいのでござんす、恨《うら》まれるは覚悟《かくご》の前、鬼《おに》だとも蛇《じゃ》だとも思ふがようござりますとて、撥《ばち》を畳《たたみ》に少し延びあがりて表を見おろせば、何と姿が見えるかとなぶる、ああもう帰つたと見えますとて茫然《ぼん》としてゐるに、持病といふのはそれかと切り込《こ》まれて、まあそんなところでござんせう、お医者様でも草《くさ》津《つ》の湯でもとうす淋《さび》しく笑つてゐるに、御本尊《ごほんぞん》を拝みたいな俳優《やくしゃ》で行つたら誰《たれ》のところだといへば、見たらびつくりでござりませう色の黒い背の高い不《ふ》動《どう》さまの名代《みやうだい》といふ、では心意気かと問はれて、こんな店で身上《しんしやう》はたくほどの人、人の好《い》いばかり取得《とりえ》とては皆無《かいむ》でござんす、おもしろくもをかしくも何ともない人といふに、それにお前はどうして逆上《のぼせ》た、これは聞きどころと客は起きかへる、おほかた逆上性なのでござんせう、貴君《あなた》のことをもこのごろは夢に見ない夜はござんせぬ、奥様《おくさま》のおできなされたところを見たり、ぴ

鬼だとも蛇だとも
「鬼か蛇か」は残《ざん》忍《にん》な人であることのたとえ。

撥を畳に
撥を畳に立て体重を支えるようにして。

なぶる
おもしろがってひやかす。

お医者様でも…
都々逸《どどいつ》「お医者様でも有馬《ありま》の湯でも惚《ほ》れた病《やまい》は癒《なお》りやせぬ」を草津の湯に入れ替《か》えたもの。

身上はたく
全財産を失う。

つたりとお出《い》でのとまつたところを見たり、まだまだもつとかなしい夢を見て枕紙《まくらがみ》がびつしよりになつたこともござんす、高《たか》ちやんなぞは夜寝《ね》るからとても枕を取るよりはやくいびきの声たかく、いい心持ちらしいがどんなにうらやましうござんせう、私《わたし》はどんな疲《つか》れた時でも床《とこ》へ入ると目が冴《さ》えてそれはそれはいろいろのことを思ひます、貴君は私に思ふことがあるだらうと察してゐてくださるから嬉《うれ》しいけれど、よもや私が何をおもふかそれこそはおわかりになりますまい、考へたとて仕方がないゆゑ人前ばかりの大陽気《おほやうき》、菊《きく》の井《ゐ》のお力は行《ゆ》きぬけの締《し》まりなしだ、苦労といふことはしるまいと言ふお客様もござります、ほんに因果とでもいふものか私が身くらゐかなしい者はあるまいと思ひますとて潸然《さめざめ》とするに、珍《めづら》しいこと陰気《いんき》のはなしを聞かせられる、慰《なぐさ》めたいにも本末《もとすゑ》をしらぬから方《はう》がつかぬ、夢に見てくれるほど実《じつ》があらば奥様にしてくれろぐらゐいひさうなものだに根つからお声がかりもないはどういふものだ、古風に出るが袖《そで》ふり合ふもさ、こんな商売を嫌《いや》だと思ふなら遠慮《ゑんりよ》なく打ち明けばなしをするがいい、僕《ぼく》はまたお前のやうな気では

*枕紙　木枕の上にのせた、小枕を包む紙。

行きぬけの締まりなし　底抜《そこぬ》けにだらしがない。

本末　もともとの原因。

実があらば　誠実さがあるならば。

袖ふり合ふもさ　「袖振《ふ》り合うも他生《たしょう》の縁《えん》」をふまえる。

いつそ気楽だとかいふ考へで浮《う》いて渡《わた》ることかと思つたに、それでは何か理《り》屈《くつ》があつてやむをえずといふ次第《しだい》か、苦しからずは承《うけたまは》りたいものだといふに、貴君《あなた》には聞いていただかうとこの間から思ひました、だけれども今夜はいけませぬ、なぜなぜ、なぜでもいけませぬ、わたしはわがままゆゑ、申すまいと思ふ時はどうしても嫌《いや》でござんすとて、ついと立つて椽《えん》がはへ出《い》づるに、雲なき空の月かげ涼《すず》しく、見おろす町にからころと駒下駄《こまげた》の音さして行《ゆ》きかふ人のかげ分明《あきらか》なり、結城さんと呼ぶに、何だとて傍《そば》へゆけば、まあここへお座《すわ》りなさいと手を取りて、あの水菓子屋《みづぐわしや》で桃《もも》を買ふ子がござんしよ、可愛《かはい》らしき四つばかりの、あれが先刻《さつき》の人のでござんす、あの小さな子心にもよくよく憎《にく》いと思ふと見えて私《わたし》のことをば鬼々《おにおに》といひまする、まあそんな悪者に見えまするかとて、空を見あげてホツと息をつくさま、こらへかねたる様子は五音《いん》の調子にあらはれぬ。

（四）

浮いて渡る　浮かれて世を渡る。

水菓子屋　果物屋。

五音の調子　話しぶり。

同じ新開《しんかい》の町はづれに八百屋《やほや》と髪結床《かみゆいどこ》が庇合《ひあはひ》のやうな細露路《ほそろぢ》、雨が降る日は傘《かさ》もさされぬ窮屈《きゆうくつ》さに、足もとではところどころに溝板《どぶいた》の落とし穴あやふげなるを中にして、両側に立てたる棟割長屋《むねわりながや》、突《つ》き当たりの芥溜《ごみため》わきに九尺《しやく》二間《けん》の上《あが》り框《がまち》朽《く》ちて、雨戸はいつも不用心のたてつけ、さすがに一方口にはあらで山の手の仕合《しやは》せは三尺ばかりの椽の先に草ばうばうの空地面《あきぢめん》それが端《はじ》を少し囲つて青紫蘇《あをじそ》、えぞ菊《ぎく》、隠元豆《いんげんまめ》の蔓《つる》などを竹のあら垣《がき》にからませたるがお力《りき》が処縁《しよえん》の源七《げんしち》が家なり、女房《にようばう》はお初《はつ》といひて二十八か九にもなるべし、貧《ひん》にやつれたれば七つも年の多く見えて、お歯黒《はぐろ》はまだらに生え次第《しだい》の眉毛《まゆげ》みるかげもなく、洗ひざらしの鳴海《なるみ》の浴衣《ゆかた》を前と後ろを切りかへて膝《ひざ》のあたりは目立たぬやうに小針《こばり》のつぎ当て、狭帯《せまおび》きりりと締《し》めて蟬表《せみおもて》の内職、盆前《ぼんまへ》よりかけて暑さの時分をこれが時《とき》よと大汗《おほあせ》になりての勉強せはしなく、そろへたる籐《とう》を天井《てんじやう》から釣《つ》り下げて、しばしの手数《てすう》も省かんとて数のあがるを楽しみに脇目《わきめ》もふらぬ様《さま》あはれなり。もう日が暮れたに太吉《たきち》はなぜかへつてこぬ、源さんもまたどこを歩いてゐるかしらんとて仕事を片づけて一服吸《ぷくす》

庇合のやうな細露路
両側の屋根のひさしが重なり合っているような狭《せま》い路地。

処縁
ゆかり。

前と後ろを…
前身ごろと後ろ身ごろを取り替《か》えて仕立て直すこと。

これが時よと
これが内職のしどきとばかりに。

勉強せはしなく
ここでは、内職に精を出して、の意。

ひつけ、苦労らしく目をぱちつかせて、更《さら》に土瓶《どびん》の下をほじくり、蚊《か》いぶし火鉢《ひばち》に火を取り分けて三尺の椽《えん》に持ち出《い》だし、拾ひ集めの杉《すぎ》の葉を冠《かぶ》せてふうふうと吹《ふ》き立つれば、ふすふすと烟《けぶり》たちのぼりて軒場《のきば》にのがれる蚊の声すさまじし、太吉はがたがたと溝板《どぶいた》の音をさせて母《かか》さん今戻《もど》つた、お父《とつ》さんも連れてきたよと門口《かどぐち》から呼び立つるに、大層おそいではないかお寺の山へでも行《ゆ》きはしないかとどのくらゐ案じたらう、早くお入りといふに太吉を先に立てて源七は元気なくぬつと上がる、おやお前さんお帰りか、今日はどんなに暑かつたでせう、定めて帰りが早からうと思うて行水《ぎやうずい》を沸《わ》かしておきました、ざつと汗《あせ》を流したらどうでござんす、太吉もお湯《ぶう》に入りなといへば、あいと言つて帯を解く、お待ちお待ち、今加減を見てやるとて流しもとに盥《たらひ》を据《す》ゑて釜《かま》の湯を汲《く》み出だし、かきまはして手ぬぐひを入れて、さあお前さんこの子をもいれてやつてくだされ、何をぐたりとしてお出《い》でなさる、暑さにでも障《さは》りはしませぬか、さうでなければ一杯《ぱい》あびて、さつぱりになつて御膳《ごぜん》あがれ、太吉が待つてゐますからといふに、おおさうだと思ひ出したやうに

苦労らしく　苦労をしている様子が出て。

定めて　きっと

帯を解いて流しへ下りれば、そぞろに昔の我が身が思はれて九尺二間の台《だい》処《どころ》で行水つかふとは夢にも思はぬもの、ましてや土方の手伝ひして車の跡押《あとお》しにと親は生みつけてもくださるまじ、ああつまらぬ夢を見たばかりにと、じつと身にしみて湯もつかはねば、父《とつ》ちゃん背中洗つておくれと太吉は無心に催促《さいそく》する、お前さん蚊が食ひますからさつさつとお上がりなされと妻も気をつくるに、おいおいと返事しながら太吉にもつかはせ我も浴びて、上にあがれば洗ひざらせしさばさばの浴衣《ゆかた》を出して、お着かへなさいましと言ふ、帯まきつけて風の透《す》くところへゆけば、妻は能代《のしろ》の膳のはげかかりて足はよろめく古物《ふるもの》に、お前の好きな冷ややつこにしましたとて小丼《こどんぶり》に豆腐《とうふ》を浮《う》かせて青紫蘇《あをじそ》の香《か》たかく持ち出せば、太吉はいつしか台より飯櫃《めしびつ》取りおろして、よつちよいよつちよいとかつぎ出す、坊主《ばうず》はおれが傍《そば》に来いとて頭《つむり》をなでつつ箸《はし》を取るに、心は何を思ふとなけれど舌に覚えのなくてのどの穴はれたるごとく、もうやめにするとて茶椀《ちやわん》を置けば、そんなことがありますものか、力業《ちからわざ》をする人が三膳《ぜん》のご飯のたべられぬといふことはなし、気合ひでも悪

土方の手伝ひして車の跡押し
　最下層の仕事。荷車の後を押すこと。

舌に覚えのなくて
　食欲がなくて。

力業をする人
　力仕事をする人。

うござんすか、それとも酷《ひど》く疲《つか》れてかと問ふ、いやどこも何ともないやうなれどただたべる気にならぬといふに、妻は悲しさうな目をしてお前さんまた例のが起こりましたらう、それは菊《きく》の井《ゐ》の鉢肴《はちざかな》はうまくもありましたらうけれど、今の身分で思ひ出したところが何となりまする、先は売り物買ひ物お金さへできたら昔のやうに可愛《かはい》がつてもくれませう、表を通つて見ても知れる、白粉《おしろい》つけていい衣類《きもの》きて迷うてくる人を誰《たれ》かれなしに丸めるがあの人たちが商売、ああおれが貧乏《びんぼふ》になつたからかまひつけてくれぬなと思へば何のことなく済みませう、恨《うら》みにでも思ふだけがお前さんが未練でござんす、裏町の酒屋の若い者知つておいでなさらう、二葉《ふたば》やのお角《かく》に心《しん》から落ち込《こ》んで、かけ先を残らず使ひ込み、それを埋《う》めようとて雷神虎《らいじんとら》が盆蓙《ぼんござ》の端《はし》についたが身の詰《つ》まり、次第《しだい》に悪いことが染《し》みてしまひには土蔵やぶりまでしたさうな、いま男は監獄《かんごく》入りしてもつそう飯《めし》たべてゐやうけれど、相手のお角は平気なもの、おもしろをかしく世を渡《わた》るにとがめる人なくみごと繁昌《はんじやう》してゐまする、あれを思ふに商売人の一徳《いつとく》、だまされたはこちらの罪、考へたとて始まるこ

例のが…
いつものふさぎ込《こ》みが起こったのでしょう。

丸めるが
丸め込むのが。

心から落ち込んで
本気でその色香《いろか》に迷って、の意。

かけ先を…
集金した掛《か》け売り金をすべて使い込んで。

盆蓙の端についた
賭博《とばく》に加わったこと。

土蔵やぶり
土蔵の財物を盗《ぬ》み出すこと。

もつそう飯
監獄《かんごく》で囚人《しゅうじん》が食

とではござんせぬ、それよりは気を取り直して稼業《かげふ》に精を出して少しの元手もこしらへるやうに心がけてくだされ、お前に弱られては私《わたし》もこの子もどうすることもならで、それこそ路頭に迷はねばなりませぬ、男らしく思ひ切る時あきらめてお金さへできようならお力はおろか小紫《こむらさき》でも揚巻《あげまき》でも別荘《べつさう》こしらへて囲うたらようござりませう、もうそんな考へごとはやめにして機嫌《きげん》よく御膳《ごぜん》あがつてくだされ、坊主《ばうず》までが陰気《いんき》らしう沈《しづ》んでしまひましたといふに、みれば茶椀《ちやわん》と箸《はし》をそこに置いて父と母との顔をば見くらべて何とは知らず気になる様子、こんな可愛い者さへあるに、あのやうな狸《たぬき》の忘れられぬは何の因果かと胸の中かきまはされるやうなるに、我ながら未練ものめと叱《しか》りつけて、いやおれだとてそのやうにいつまでも馬鹿《ばか》では居ぬ、お力などと名ばかりもいつてくれるな、いはれると以前《もと》の不出来《ふでか》しを考へ出していよいよ顔があげられぬ、何のこの身になつて今更《いまさら》何をおもふものか、めしがくへぬとてもそれは身体《からだ》の加減であらう、何も格別案じてくれるには及《およ》ばぬゆゑ小僧《こぞう》も十分にやつてくれとて、ころりと横になつて胸のあたりをはたはたと

べる盛り切りの飯。

小紫・揚巻　いずれも江戸吉原《えどよしわら》の名妓《めいぎ》。

あのやうな狸　お力のこと。

打ちあふぐ、蚊遣《かやり》の烟《けぶり》にむせばぬまでも思ひにもえて身の暑げなり。

（五）

誰白鬼《たれしろおに》とは名をつけし、無間地獄《むげんぢごく》のそこはかとなく景色づくり、どこにからくりのあるとも見えねど、逆さ落としの血の池、借金の針の山に追ひのぼすも手のものときくに、寄つておいでよと甘《あま》える声も蛇《へび》くふ雉子《きぎす》と恐《おそ》ろしくなりぬ、さりとも胎内十月《たいないとつき》の同じことして、母の乳房《ちぶさ》にすがりしころは手打《てうち》手打《てうち》あわわの可愛《かはい》げに、紙幣《さつ》と菓子《くわし》との二つ取《ど》りにはおこしをおくれと手を出したるものなれば、今の稼業《かげふ》に誠《まこと》はなくとも百人の中の一人に真《しん》からの涙《なみだ》をこぼして、聞いておくれ染物《そめもの》やの辰《たつ》さんがことを、昨日も川田《かはだ》やが店でおちやつぴいのお六めとふざけまはして、見たくもない往来へまでかつぎ出して打ちつ打たれつ、あんな浮《う》いた了簡《れうけん》で末《すゑ》が遂《と》げられようか、まあ幾歳《いくつ》だとおもふ三十は一昨年《をととし》、いい加減に家《うち》でもこしらへる仕覚《しがく》をしておくれと逢《あ》ふたびに異見をするが、その時限りおいおいと空返事《そらへんじ》して根つから気にも止め

白鬼　私娼《ししょう》の異名。

蛇くふ雉子　芭蕉《ばしょう》の句「蛇食ふと聞けば恐ろし雉子の声」をふまえる。

手打手打あわわ　乳幼児をあやす言葉。

おこし　お菓子のこと。家でもこしらへる仕覚　一家を構えるための用意。

てはくれぬ、父《とつ》さんは年をとつて、母《はは》さんと言ふは目の悪い人だから心配をさせないやうに早く締《し》まつてくれればいいが、私《わたし》はこれでもあの人の半纏《はんてん》をば洗濯《せんたく》して、股引《ももひき》のほころびでも縫《ぬ》つてみたいと思つてゐるに、あんな浮いた心ではいつ引き取つてくれるだらう、考へるとつくづく奉公《ほうこう》が嫌《いや》になつてお客を呼ぶに張り合ひもない、あくさくさするとて常は人をもだます口で人のつらきを恨《うら》みの言葉、頭痛を押《お》さへて思案に暮れるもあり、ああ今日は盆《ぼん》の十六日だ、お焔魔様《えんまさま》へのお参りに連れ立つて通る子供たちのきれいな着物きて小遣《こづか》ひもらつて嬉《うれ》しさうな顔してゆくは、定めて定めて二人そろつて甲斐性《かひしやう》のある親をば持つてゐるのであろ、私が息子《むすこ》の与太郎《よたらう》は今日の休みにご主人から暇《ひま》が出てどこへ行《ゆ》つてどんなことして遊ばうとも定めし人が羨《うらや》ましかろ、父《とと》さんは呑《のみ》ぬけ、いまだに宿とても定まるまじく母はこんな身になつて恥《は》づかしい紅白粉《べにおしろい》、よし居処《ゐどころ》がわかつたとてあの子は逢ひに来てもくれまじ、去年向島《むかうじま》の花見の時女房《にょうぼう》づくりして丸髷《まるまげ》に結《ゆ》つて朋輩《ほうばい》とともに遊びあるきしに土手の茶屋であの子に逢つて、これこれと声をかけしにさへ私の

人のつらきを　人（染物やの辰）が薄情《はくじょう》であることを。

呑ぬけ　底抜《そこぬ》けの酒飲み。

若くなりしにあきれて、お母《つか》さんでござりますかと驚《おどろ》きし様子、ましてやこの大嶋田《おほしまだ》に折ふしは時好《じかう》の花簪《はなかんざし》さしひらめかしてお客をとらへて串談《じようだん》いふところを聞かば子心には悲しくも思ふべし、去年あひたる時今は駒形《こまかた》の蝋燭《らふそく》やに奉公《ほうこう》してゐまする、私《わたし》はどんなつらきことありとも必ず辛抱《しんばう》しとげて一人前の男になり、父《とと》さんをもお前をも今に楽をばおさせ申します、どうぞそれまで何なりと堅気《かたぎ》のことをして一人で世渡《よわた》りをしてゐてくだされ、人の女房《ばう》にだけはならずにゐてくだされと異見を言はれしが、悲しきは女子《をなご》の身の寸燐《まつち》の箱はりして一人口過ぐしがたく、さりとて人の台処《だいどころ》をはふも柔弱《にうじやく》の身体《からだ》なれば勤めがたくて、同じ憂《う》き中にも身の楽なれば、こんなこととして日を送る、夢さら浮《う》いた心ではなけれど言ひ甲斐《がひ》のないお袋《ふくろ》とあの子は定めし爪《つま》はじきするであらう、常は何とも思はぬ嶋田が今日ばかりは恥《は》づかしいと夕ぐれの鏡の前になみだぐむもあるべし、菊《きく》の井《ゐ》のお力《りき》とても悪魔《あくま》の生まれ替《が》はりにはあるまじ、さる子細あればこそこの流れに落ちこんで嘘《うそ》のありたけ串談《じようだん》にその日を送つて、情けは吉野紙《よしのがみ》の薄物《うすもの》に、蛍《ほたる》の光ぴつかりとする

時好の　流行の。

一人口過ぐしがたく　一人で生計を立てるのは難しく。

人の台処をはふ　下女奉公《げじよぼうこう》のこと。

夢さら　全く…ない。

吉野紙　奈良県吉野地方で作られる、非常に薄《うす》く、柔《やわ》らかい紙。

蛍の光…　蛍の光のように、ほんの一瞬《いっしゅん》の間。

ばかり、人のなみだは百年もがまんして、我ゆゑ死ぬる人のありともご愁傷《しうしやう》さまと脇《わき》を向くつらさよそ目も養ひつらめ、さりとも折ふしは悲しきこと恐《おそ》ろしきこと胸にたたまつて、泣くにも人目を恥ぢれば二階座敷《ざしき》の床《とこ》の間《ま》に身を投げふして忍《しの》び音《ね》の憂《う》きなみだ、これをば友朋輩《ほうばい》にもらさじと包むに根《こん》性《じやう》のしつかりした、気のつよい子といふ者はあれど、障《さは》れば絶ゆる蛛《くも》の糸のはかないところを知る人はなかりき、七月十六日の夜はどこの店にも客人入り込《こ》みて都々一《どどいつ》端歌《はうた》の景気よく、菊の井の下《した》座敷にはお店者《たなもの》五六人寄り集まりて調子の外れし紀伊《きい》の国《くに》、自まんも恐ろしき胴間声《どうまごゑ》に霞《かすみ》の衣衣紋坂《ころもえもんざか》と気取るもあり、力ちやんはどうした心意気を聞かせないか、やつたやつたと責められるに、お名はささねどこの座の中にと普通《ついツとほり》の嬉《うれ》しがらせを言つて、やんややんやと喜ばれる中から、我が恋《こひ》は細谷川《ほそたにがは》の丸木橋わたるにや怕《こは》し渡《わた》らねばとうたひかけしが、何をか思ひ出したやうにああ私はちよツと無礼《しつれい》をします、ご免《めん》なさいよとて三味線《さみせん》を置いて立つに、どこへゆくどこへゆく、逃《に》げてはならないと座中の騒《さわ》ぐに照《てー》ちやん高《たか》さん少し頼《たの》むよ、じき帰るからとて

よそ目
見て見ぬふりをすること。

たたまつて
積もり積もって。

包むに
隠《かく》すので。

お店者
商家の奉公人《ほうこうにん》。

紀伊の国
かっぽれのこと。

霞の衣衣紋坂
清元《きよもと》「北州《ほくしゅう》千《せん》歳寿《ねんのことぶき》」の一節。

お名はささねど
都々逸《どどいつ》の一節。

我が恋は…
端唄《はうた》の一節。

ずつと廊下《らうか》へ急ぎ足に出《い》でしが、何をも見かへらず店口から下駄《げた》を履《は》いて筋向かふの横町の闇《やみ》へ姿をかくしぬ。

お力は一散《いつさん》に家を出て、行《ゆ》かれるものならこのままに唐天竺《からてんぢく》の果てまでも行つてしまひたい、ああ嫌《いや》だ嫌だ嫌だ、どうしたなら人の声も聞こえない物の音もしない、静かな、静かな、自分の心も何もぼうつとして物思ひのないところへ行かれるであらう、つまらぬ、くだらぬ、おもしろくない、情けない悲しい心細い中に、いつまで私《わたし》は止められてゐるのかしら、これが一生か、一生がこれか、ああ嫌だ嫌だと道端《みちばた》の立木《たちき》へ夢中に寄りかかつてしばらくそこに立ちどまれば、渡《わた》るにや怕《こは》し渡らねばと自分のうたひし声をそのままどこともなく響《ひび》いてくるに、仕方がないやつぱり私も丸木橋をば渡らずはなるまい、父《とと》さんも踏《ふ》みかへして落ちておしまひなされ、祖父《おぢい》さんも同じことであつたといふ、どうで幾代《いくだい》もの恨《うら》みを背負うて出た私なればするだけのことはしなければ死んでも死なれぬのであらう、情けないとても誰《たれ》も哀《あは》れと思うてくれる人はあるまじく、悲しいと言へば商売がらを嫌《きら》ふかと一《ひ》ト口《くち》に言は

一散に
　一目散に。
唐天竺
　「唐」は中国、「天竺」はインド。ここは、果てしなく遠い所のたとえ。
踏みかへして
　踏み外《はず》して。
情けないとても
　情けないと言っても。

れてしまふ、ええどうなりとも勝手になれ、勝手になれ、私には以上考へたとて私の身の行《ゆ》き方はわからぬなれば、わからぬなりに菊《きく》の井《ゐ》のお力を通してゆかう、人情しらず義理しらずかそんなことも思ふまい、思ふたとてどうなるものぞ、こんな身でこんな業体《げふてい》で、こんな宿世《すくせ》で、どうしたからとて人並ではないに相違《さうゐ》なければ、人並のことを考へて苦労するだけ間違《まちが》ひであろ、ああ陰気《いんき》らしい何だとてこんな処《ところ》に立つてゐるのか、何しにこんな処《とこ》へ出て来たのか、馬鹿《ばか》らしい気違《きちが》ひじみた、我が身ながらわからぬ、もうもうかへりませうとて横町の闇をば出はなれて夜店の並ぶにぎやかなる小路《こうぢ》を気まぎらしにとぶらぶら歩けば、行きかよふ人の顔小さく小さく擦《す》れ違《ちが》ふ人の顔さへもはるかとほくに見るやう思はれて、我が踏《ふ》む土のみ一丈《ぢやう》も上にあがりゐるごとく、がやがやといふ声は聞こゆれど井《ゐ》の底に物を落としたるごとき響《ひび》きに聞きなされて、人の声、人の声、我が考へは考へと別々になりて、更《さら》に何事にも気のまぎれる物なく、人立《ひとだ》ちおびただしき夫婦《めをと》あらそひの軒先《のきさき》などを過ぐるとも、ただ我のみは広野《ひろの》の原の冬枯《ふゆが》れを行くやうに、心に止まる

以上考へたとて
これ以上考えたところで。

私の身の行き方
自分の身の行く末。

業体
なりわい。

一丈
約三メートル。

井の底
井戸の底。

夫婦あらそひ
夫婦げんか。

物もなく、気にかかる景色にも覚えぬは、我ながらひどく逆上《のぼせ》て人心のないのにとおぼつかなく、気が狂《くる》ひはせぬかと立ちどまるとたん、お力どこへ行くとて肩《かた》を打つ人あり。

（六）

十六日は必ず待ちまする来てくだされと言ひしをも何も忘れて、今まで思ひ出しもせざりし結城《ゆふき》の朝之助《とものすけ》にふと出合ひて、あれと驚《おどろ》きし顔つきの例に似合はぬ狼狽《あわて》かたがをかしきとて、からからと男の笑ふに少し恥《は》づかしく、考へごとをして歩いてゐたれば不意のやうにあわててしまひました、よく今夜は来てくださりましたと言へば、あれほど約束をして待つてくれぬは不心《ふしん》中《ぢゆう》とせめられるに、何なりとおつしやれ、言ひ訳は後《のち》にしまするとて手を取りて引けば弥次馬《やじうま》がうるさいと気をつける、どうなり勝手に言はせませう、こちらはこちらと人中《ひとなか》を分けて伴《ともな》ひぬ。

下座敷《したざしき》はいまだに客の騒《さわ》ぎはげしく、お力《りき》の中座をしたるに不興《ぶきやう》してやか

例に似合はぬ
いつもに似合わない。

不意のやうに
不意の出会いのように。

不心中
誠意がないこと。

不興して
機嫌《きげん》をそこねて。

ましかりしをりから、店口にておやおかへりかの声を聞くより、客を置きざりに中座するといふ法があるか、かへつたらばここへ来い、顔を見ねば承知せぬぞと威張《ゐば》りたてるを聞き流しに二階の座敷へ結城を連れあげて、今夜も頭痛がするので御酒《ごしゆ》の相手はできませぬ、大勢の中に居れば御酒の香《か》に酔《ゑ》うて夢中になるも知れませぬから、少し休んでその後は知らず、今はご免《めん》なさりませと断りを言うてやるに、それでいいのか、怒《おこ》りはしないか、やかましくなれば面倒《めんだう》であらうと結城が心づけるを、何のお店《たな》ものの白瓜《しろうり》がどんなことをしいだしませう、怒るなら怒れでござんすとて小女《こをんな》に言ひつけてお銚子《てうし》の支度《したく》、来るをば待ちかねて結城さん今夜は私《わたし》に少しおもしろくないことがあつて気が変はつてゐまするほどにその気でつきあつてゐてくだされ、御酒を思ひ切つて呑《の》みまするから止めてくださるな、酔うたらば介抱《かいはう》してくだされといふに、君が酔つたをいまだに見たことがない、気が晴れるほど呑むはいいが、また頭痛がはじまりはせぬか、何がそんなに逆鱗《げきりん》にふれたことがある、僕《ぼく》らに言つては悪いことかと問はれるに、いえ貴君《あなた》には聞いていただき

夢中になるも知れませぬ
自分を失うかもしれません。

白瓜
ここは、顔色の青白い男をさげすんでいう言葉。

逆鱗にふれた
「逆鱗にふれる」は、目上の人の激しい怒《いか》りを買うこと。

たいのでござんす、酔《ゑ》ふと申しますから驚《おどろ》いてはいけませぬとにつこりとして、大湯呑《おほゆのみ》を取りよせて二三杯《ばい》は息をもつかざりき。

常には左《さ》のみに心も留まらざりし結城の風采《やうす》の今宵《こよひ》は何となく尋常《なみ》ならず思はれて、肩巾《かたはば》のありて背のいかにも高きところより、落ちついて物をいふ重やかなる口ぶり、目つきのすごくて人を射るやうなるも威厳《ゐげん》の備はれるかと嬉《うれ》しく、濃《こ》き髪《かみ》の毛を短く刈《か》りあげてえり足のくつきりとせしなど今更《いまさら》のやうに眺《なが》められ、何をうつとりしてゐると問はれて、貴君《あなた》のお顔を見てゐますのさと言へば、こやつめがと睨《にら》みつけられて、おお怕《こは》いお方と笑つてゐるに、串談《じやうだん》はのけ、今夜は様子がただでない聞いたら怒《おこ》るかしらぬが何か事件があつたかととふ、何しに降つて湧《わ》いたこともなければ、人との紛雑《いざ》などはよしあつたにしろそれは常のこと、気にもかからねば何しにものを思ひませう、私《わたし》の時より気まぐれを起こすは人のするのではなくて皆《みな》心がらの浅ましい訳がござんす、私はこんな賤《いや》しい身の上、貴君は立派なお方様、思ふことは反対《うらはら》にお聞きになつても汲《く》んでくださるかくださらぬかそこほどは知らね

串談はのけ　冗談《じょうだん》はさておき。

何しに　いやどうして。

降つて湧いたこともなければ　急な出来事もなければ。

人との紛雑　人とのいざこざ。

時より　時たま。

心がらの…　自分の心が原因の浅ましい訳があるのです。

よし　もしも。

胸がもめて　心が騒《さわ》いで。

ど、よし笑ひものになつても私は貴君に笑ふていただきたく、今夜は残らず言ひまする、まあ何から申さう胸がもめて口がきかれぬとてまたもや大湯呑に呑むことさかんなり。

　何より先に私が身の自堕落《じだらく》を承知してゐてくだされ、もとより箱入りの生《き》娘《むすめ》ならねば少しは察してもゐてくださらうが、口ぎれいなことはいひますともこのあたりの人に泥《どろ》の中の蓮《はす》とやら、悪業《わるさ》に染まらぬ女子《をなご》があらば、繁昌《はんじやう》どころか見に来る人もあるまじ、貴君は別物《べつもの》、私がところへ来る人とてもたいていはそれと思《おぼ》しめせ、これでも折ふしは世間さま並のことを思うて恥《は》づかしいこととつらいことと情けないこととも思はれるもいつそ九尺《しやく》二間《けん》でもきまつた良人《をつと》といふに添《そ》うて身を固めようと考へることもござんすけれど、それが私はできませぬ、それかと言つて来るほどのお人に無愛想もなりがたく、可愛《かはい》いの、いとしいの、見初《みそ》めましたのと出鱈目《でたらめ》のお世辞をも言はねばならず、数の中には真《ま》にうけてこんなやくざを女房《にようぼ》にと言うてくださる方もある、持たれたら嬉《うれ》しいか、添《そ》うたら本望《ほんまう》か、それが私はわかりませぬ、そもそも

私が身の自堕落を
　私の身の自堕落さを。
口ぎれいなことは……
　口先だけのきれいごとは言ったとしても。
泥の中の蓮
　泥の中で咲《さ》く蓮の花のように、汚《よご》れた環境《かんきょう》にあっても、清らかなままでいる存在。
悪業
　ここでは、身を売ること。
私がところへ来る人
　私のところへ来

のはじめから私《わたし》は貴君《あなた》が好きで好きで、一日お目にかからねば恋《こひ》しいほどなれど、奥様《おくさま》にと言うてくだされたらどうでござんしよか、持たれるは嫌《いや》なり他処《よそ》ながらは慕《した》はしし、一ト《ひ》口《くち》に言はれたら浮気者《うはきもの》でござんせう、ああこんな浮気者には誰《たれ》がしたと思《おぼ》しめす、三代伝はつてのできそこね、親父《おやぢ》が一生もかなしいことでござんしたとてほろりとするに、その親父さんはと問ひかけられて、親父は職人、祖父《ぢぢい》は四角な字をば読んだ人でござんす、つまりは私のやうな気違《きちが》ひで、世に益のない反古紙《ほごがみ》をこしらへしに、版をばお上から止められたとやら、ゆるされぬとかにて断食《だんじき》して死んださうにござんす、十六の年から思ふことがあつて、生まれも賤《いや》しい身であつたれど一念に修業《しゆげふ》して六十にあまるまでしでかしたることもなく、終はりは人のもの笑ひに今では名を知る人もなしとて父が常住嘆《なげ》いたを子供のころより聞き知つてをりました、私の父といふは三つの歳《とし》に椽《えん》から落ちて片足あやしきふうになりたれば人中《ひとなか》に立ちまじるも嫌とて居職《ゐしよく》に飾《かざ》りの金物《かなもの》をこしらへましたれど、気位たかくて人愛《じんあい》のなければ贔負《ひいき》にしてくれる人もなく、ああ私が覚えて七つの年

る客。

いつそ九尺二間でも　いっそ、九尺二間の狭《せま》い住まいにいるような、貧しい男のところへでも、の意。

数の中には　大勢の中には。

108 他処ながらは　よそから見ている分には。

三代　ここでは、祖父・父・自分。

四角な字　漢字・漢籍《かんせき》。

版をば…　出版をお上から

の冬でござんした、寒中親子三人ながら古浴衣《ふるゆかた》で、父は寒いも知らぬか柱に寄つて細工物に工夫をこらすに、母は欠けた一《ひと》つ竈《べつつひ》に破《わ》れ鍋《なべ》かけて私にさる物を買ひに行《ゆ》けといふ、味噌《みそ》こし下げて端《はし》たのお銭《あし》を手に握《にぎ》つて米屋の門《かど》まではうれしく駆《か》けつけたれど、帰りには寒さの身にしみて手も足もかじかみたれば五六軒隔《けんへだ》てし溝板《どぶいた》の上の氷にすべり、足溜《あしだま》りなく転《こ》けるはづみに手の物を取り落として、一枚はづれし溝板のひまよりざらざらとこぼれ入れば、下は行く水きたなき溝泥《どぶどろ》なり、幾度《いくたび》ものぞいては見たれどこれをばなんとして拾はれませう、その時私は七つであつたれど家《うち》の内《うち》の様子、父母の心をも知れてあるにお米は途中《とちゆう》で落としましたと空《から》の味噌こしさげて家には帰られず、立つてしばらく泣いてゐたれどどうしたと問うてくれる人もなく、聞いたからとて買つてやらうと言ふ人はなほさらなし、あの時近処《きんじよ》に川なり池なりあらうなら私は定めし身を投げてしまひましたろ、話は誠《まこと》の百分一、私はそのころから気が狂《くる》つたのでござんす、かへりの遅《おそ》きを母の親案じて尋《たづ》ねに来てくれたをば時機《しほ》に家へは戻《もど》つたれど、母ものいはず父親《てておや》も無言に、誰《たれ》

禁じられた。

常住　いつも。

片足あやしきふうになりたれば　片足が不自由になったので。

居職　自宅で仕事をする職業のこと。

人愛のなければ　人好きがしなかったので。

一つ竈　焚《た》き口が一つしかない竈《かまど》。

さる物　例のもの。ここでは米。

味噌こし　味噌をこすため

一人私《わたし》をば叱《しか》るものもなく、家の内森《しん》として折々溜息《ためいき》の声のもれるに私は身を切られるより情けなく、今日は一日断食《だんじき》にせうと父の一言《ひとこと》いひ出すまでは忍《しの》んで息をつくやうでござんした。

いひさしてお力は溢《あふ》れ出《い》づる涙《なみだ》の止め難《がた》ければ紅《くれなゐ》の手巾《はんけち》かほに押《お》し当ててその端《はし》を食ひしめつつものいはぬこと小半時《こはんとき》、座には物の音もなく酒の香《か》したひて寄りくる蚊《か》のうなり声のみ高く聞こえぬ。

顔をあげし時は頬《ほほ》に涙のあとはみゆれども淋《さび》しげの笑《ゑ》みをさへ寄せて、私はそのやうな貧乏人《びんぼふにん》の娘《むすめ》、気違《きちが》ひは親ゆづりで折ふし起こるのでござります、今夜もこんなわからぬことといひ出してさぞ貴君《あなた》ご迷惑《めいわく》でござんしてしよ、もう話はやめまする、ご機嫌《きげん》に障《さは》つたらばゆるしてくだされ、誰《たれ》か呼んで陽気にしませうかと問へば、いや遠慮《ゑんりよ》は無沙汰《ぶさた》、その父親《てておや》は早くになくなつてか、はあ母《かか》さんが肺結核《はいけつかく》といふをわづらつてなくなりましてから一週忌《いつしうき》の来ぬほどに跡《あと》を追ひました、今居《を》りましてもまだ五十、親なれば褒《ほ》めるではなけれど細工は誠《まこと》に名人というてもよい人でござんした、なれども名人だとて上手

のざる。
ひまより　隙間《すきま》から。
時機に　きっかけに。
110 忍んで息をつくやうで　息をするのもがまんしなければならないようで。
いひさして　話を途中《とちゅう》でやめて。
遠慮は無沙汰　遠慮は無用。
親なれば…　親だからほめるわけではないけれど。

だとて私らが家《うち》のやうに生まれついたは何もなることはできないのでござんせう、我が身の上にも知られまするとてもの思はしき風情《ふぜい》、お前は出世を望むなと突然《だしぬけ》に朝之助に言はれて、えツと驚《おどろ》きし様子に見えしが、私らが身にて望んだところが味噌《みそ》こしが落ち、何の玉《たま》の輿《こし》までは思ひがけませぬといふ、嘘《うそ》をいふは人による始めから何も見知つてゐるに隠《かく》すは野暮《やぼ》の沙汰《さた》ではないか、思ひ切つてやれやれとあるに、あれそのやうなけしかけことばはよしてくだされ、どうでこんな身でござんするにと打ちしをれてまたもの言はず。

今宵《こよひ》もいたく更《ふ》けぬ、下座敷《したざしき》の人はいつか帰りて表の雨戸をたてると言ふに、朝之助おどろきて帰り支度《じたく》するを、お力はどうでも泊《と》まらするといふ、いつしか下駄《げた》をもかくさせたれば、足を取られて幽霊《いうれい》ならぬ身の戸のすき間より出《い》づることもなるまじとて今宵はここに泊まることとなりぬ、雨戸をとざす音一《ひと》しきりにぎはしく、後《のち》には透《す》きもる灯火《ともしび》のかげも消えて、ただ軒下《のきした》を行《ゆ》きかよふ夜行の巡査《じゆんさ》の靴音《くつおと》のみ高かりき。

お前は出世を望むな
　お前は出世を望んでいるんだな。
嘘をいふは人による
　嘘を言うのは相手によるぞ。
雨戸をたてる
　雨戸を閉める。
夜行の巡査
　夜の見回りをしている巡査。

（七）

思ひ出したとて今更《いまさら》にどうなるものぞ、忘れてしまへ諦《あきら》めてしまへと思案はきめながら、去年の盆《ぼん》にはそろひの浴衣《ゆかた》をこしらへて二人一処《いつしよ》に蔵前《くらまへ》へ参《さん》詣《けい》したることなんど思ふともなく胸へうかびて、盆に入りては仕事に出《い》づる張りもなく、お前さんそれではならぬぞへと諫《いさ》めたてる女房《にようばう》のことばも耳うるさく、エエ何も言ふな黙《だま》つてゐろとて横になるを、黙つてゐてはこの日が過ぐされませぬ、身体《からだ》が悪くば薬も呑《の》むがよし、お医者にかかるも仕方がないけれど、お前の病《やまひ》はそれではなしに気さへ持ち直せばどこに悪いところがあらう、少しは正気になつて勉強をしてくだされといふ、いつでも同じことは耳にたこができて気の薬にはならぬ、酒でも買つて来てくれ気まぎれに呑んでみようと言ふ、お前さんそのお酒が買へるほどなら嫌《いや》とお言ひなさるを無理に仕事に出てくだされとは頼《たの》みませぬ、私《わたし》が内職とて朝から夜《よ》にかけて十五銭が関の山、親子三人口おも湯も満足には呑まれぬ中で酒を買へとはよく

勉強をしてくだされ　努力をして、事態が好転するようにしてください。

気の薬　心の慰《なぐさ》めになるもの。

よくお前無茶助《むちやすけ》になりなさんした、お盆だといふに昨日らも小僧《こぞう》には白玉《しらたま》一つこしらへても食べさせず、お精霊《しやうりやう》さまのお店《たな》かざりもこしらへくれねばお灯明一つでご先祖様へお詫《わ》びを申してゐるも誰《た》が仕業《しわざ》だとお思ひなさる、お前が阿房《あはう》を尽《つ》くしてお力《りき》づらめに釣《つ》られたから起こつたこと、いうては悪けれどお前は親不孝子不孝、少しはあの子の行く末をも思うて真人間になつてくだされ、御酒《ごしゆ》を呑んで気を晴らすは一時《いつとき》、真から改心してくださらねば心《こころ》元《もと》なく思はれますとて女房打ちなげくに、返事はなくて吐息《といき》折々に太く身動きもせず仰向《あふの》きふしたる心根のつらさ、その身になつてもお力がことの忘れられぬか、十年つれそうて子供までまうけし我に心かぎりの辛苦《くらう》をさせて、子には襤褸《ぼろ》を下げさせ家とては二畳《でふ》一間《ま》のこんな犬小屋、世間一体から馬鹿《ばか》にされて別物にされて、よしや春秋《はるあき》の彼岸《ひがん》が来ればとて、隣近処《となりきんじよ》に牡丹《ぼた》もち団子《だんご》と配り歩く中を、源七《げんしち》が家へはやらぬがよい、返礼が気の毒なとて、心《しん》切《せつ》かは知らねど十軒《けん》長屋の一軒は除《の》けもの、男は外出《そとで》がちなればいささか心にかかるまじけれど女心にはやるせのなきほど切なく悲しく、おのづと肩身《かたみ》

無茶助　無茶ばかり言う人。

お精霊さまのお店かざり　お盆《ぼん》に祖先の霊《れい》をまつるためにお供えをする、その棚《たな》。

別物にされて　除《の》け者にされて。

いささか　少しも（…ない）。

せばまりて朝夕《てうせき》のあいさつも人の目色を見るやうなる情けなき思ひもするを、それをば思はで我が情婦《こひ》の上ばかりを思ひつづけ、無情《つれな》き人の心の底がそれほどまでに恋《こひ》しいか、昼も夢に見て独り言にいふ情けなさ、女房《にようばう》のことも子のことも忘れはててお力一人に命をもやる心か、浅ましい口惜《くちを》しいつらい人と思ふになかなか言葉は出《い》でずして恨《うら》みの露《つゆ》を目のうちにふくみぬ。

物いはねば狭《せま》き家の内もなんとなくうら淋《さび》しく、くれゆく空のたどたどしきに裏屋はまして薄暗《うすくら》く、灯火《あかり》をつけて蚊遣《かやり》ふすべて、お初《はつ》は心細く戸の外をながむれば、いそいそと帰り来る太吉郎《たきちらう》の姿、何やらん大袋《おほぶくろ》を両手に抱《かか》へて母《かか》さん母さんこれをもらつて来たと莞爾《につこ》として駆《か》け込《こ》むに、見れば新開《しんかい》の日の出やがかすていら、おやこんないいお菓子《くわし》を誰《だれ》にもらつてきた、よくお礼を言つたかと問へば、ああよくお辞儀《じぎ》をしてもらつてきた、これは菊《きく》の井《ゐ》の鬼《おに》姉さんがくれたのと言ふ、母は顔色をかへて図太いやつめがこれほどの淵《ふち》に投げ込んでまだいぢめ方が足りぬと思ふか、現在の子を使ひに父《とと》さんの心を動かしによこしをる、なんといふてよこしたと言へば、表通りのにぎや

それをば思はで
そんなことも考えないで。

なかなか
かえって。

恨みの露
涙《なみだ》のこと。

たどたどしきに
心許《こころもと》ないのに。

ふすべて
いぶして。

菊の井の鬼姉さん
お力のこと。

これほどの…
これほどのひどい境遇《きょうぐう》にわたしたちを追いやって。

かなところに遊んでゐたらばどこのか伯父《をぢ》さんと一処《いつしよ》に来て、菓子を買つてやるから一処においでといつて、おいらはいらぬと言つたけれど抱《だ》いて行つて買つてくれた、食べては悪いかえとさすがに母の心をはかりかね、顔をのぞいて猶予《いうよ》するに、ああ年がゆかぬとて何たら訳のわからぬ子ぞ、あの姉さんは鬼ではないか、父さんを怠惰者《なまけもの》にした鬼ではないか、お前の衣類《べべ》のなくなつたも、お前の家《うち》のなくなつたも皆《みな》あの鬼めがした仕事、食らひついても飽《あ》き足らぬ悪魔《あくま》にお菓子をもらつた食べてもいいかと聞くだけが情けない、汚《きたな》い穢《むさ》いこんな菓子、家へ置くのも腹がたつ、捨ててしまひな、捨てておしまひ、お前は惜《を》しくて捨てられないか、馬鹿野郎《ばかやらう》めとののしりながら袋《ふくろ》をつかんで裏の空地《あきち》へ投げ出《い》だせば、紙は破れて転《まろ》び出る菓子の、竹のあら垣《がき》うちこえて溝《どぶ》の中にも落ち込むめり、源七はむくりと起きてお初と一声大きくいふに何か御用《ごよう》かよ、尻目《しりめ》にかけて振《ふ》りむかふともせぬ横顔をにらんで、いい加減に人を馬鹿にしろ、黙《だま》つてゐればいいことにして悪口雑言《あくこうざふごん》は何のことだ、知人《しつたひと》なら菓子ぐらゐ子供にくれるに不思議もなく、もらうたとて何が悪

猶予するに　ためらうと。
何たら　なんという。

い、馬鹿野郎《ばかやらう》呼ばはりは太吉をかこつけにおれへの当てこすり、子に向かつて父親《てておや》の讒訴《ざんそ》をいふ女房気質《にようばうかたぎ》を誰《たれ》が教へた、お力が鬼《おに》なら手前は魔王《まわう》、商売人のだましは知れてゐれど、妻たる身の不貞腐《ふてくさ》れをいうて済むと思ふか、土方をせうが車を引かうが亭主《ていしゆ》は亭主の権がある、気に入らぬやつを家《うち》には置かぬ、どこへなりとも出てゆけ、出てゆけ、おもしろくもない女郎《めらう》めと叱《しか》りつけられて、それはお前無理だ、邪推《じやすい》が過ぎる、何しにお前に当てつけよう、この子があんまりわからぬと、お力の仕方が憎《にく》らしさに思ひあまつて言つたことを、とツこに取つて出てゆけとまではむごうござんす、家《うち》のためをおもへばこそ気に入らぬことを言ひもする、家を出るほどならこんな貧乏世帯《びんぼふしよたい》の苦労をば忍《しの》んではゐませぬと泣くに貧乏世帯に飽《あ》きがきたなら勝手にどこなり行つてもらはう、手前が居ぬからとて乞食《こじき》にもなるまじく太吉が手足の延ばされぬことはなし、明けても暮れてもおれが店《たな》おろしかお力への妬《ねた》み、つくづく聞き飽きてもう厭《いや》になつた、貴様が出ずばどちら道同じことをしくもない九尺《しやく》二間《けん》、おれが小僧《こぞう》を連れて出よう、さうならば十分にがなり立てる

商売人のだまし
玄人《くろうと》の酌婦《しやくふ》であるお力の欺《あざむ》き。

亭主は亭主の…
亭主には亭主の権利がある。

何しに
どうして。

とツこに取つて
言いがかりの種にして。

手足の…
成長させることができないことはない。

都合もよからう、さあ貴様が行くか、おれが出ようかと烈《はげ》しく言はれて、お前はそんなら真実《ほんたう》に私《わたし》を離縁《りえん》する心かえ、知れたことよといつもの源七にはあらざりき。

お初は口惜《くや》しく悲しく情けなく、口も利《き》かれぬほど込《こ》み上ぐるなみだを呑《の》み込んで、これは私が悪うござんした、堪忍《かんにん》をしてくだされ、お力が親切で志してくれたものを捨《す》ててしまつたは重々悪うございました、なるほどお力を鬼といふたから私は魔王でござんせう、モウいひませぬ、モウいひませぬ、決してお力のことにつきてこの後とやかく言ひませず、陰《かげ》の噂《うはさ》しますまいゆゑ離縁だけは堪忍してくだされ、改めて言ふまではなけれど私には親もなし兄弟もなし、差配《さはい》の伯父《をぢ》さんを仲人《なかうど》なり里なりに立てて来た者なれば、離縁されての行《ゆ》きどころとてはありませぬ、どうぞ堪忍して置いてくだされ、私は憎《にく》からうとこの子に免《めん》じて置いてくだされ、謝《あやま》りますとて手を突《つ》いて泣けども、イヤどうしても置かれぬとてその後はもの言はず壁《かべ》に向かひてお初が言葉は耳に入らぬ体《てい》、これほど邪慳《じやけん》の人ではなかりしをと女房《にようばう》あきれて、女

里なりに…
里親として立てて嫁《とつ》いできた者であるから。

邪慳の人では…
無慈悲《むじひ》な人ではなかったのに。

に魂《たましひ》を奪《うば》はるればこれほどまでも浅ましくなるものか、女房《にようばう》が嘆《なげ》きは更《さら》なり、つひには可愛《かはゆ》き子をも餓《う》ゑ死にさせるかも知れぬ人、今詫《わ》びたからとて甲斐《かひ》はなしと覚悟《かくご》して、太吉、太吉とそばへ呼んで、お前は父《とと》さんのそばと母《かか》さんとどちらがいい、言うてみろと言はれて、おいらはお父《とつ》さんは嫌《きら》い、何にも買つてくれないものと真つ正直をいふに、そんなら母さんの行くところへどこへも一処《いつしよ》に行く気かえ、ああ行くともとて何とも思はぬ様子に、お前さんお聞きか、太吉は私《わたし》につくといひまする、男の子なればお前も欲《ほ》しからうけれどこの子はお前の手には置かれぬ、どこまでも私がもらつて連れてゆきます、ようござんすかもらひまするといふに、勝手にしろ、子も何もいらぬ、連れてゆきたくばどこへでも連れてゆけ、家《うち》も道具も何もいらぬ、どうなりともしろとて寝転《ねころ》びしまま振《ふ》り向かんともせぬに、なんの家も道具もない癖《くせ》に勝手にしろもないもの、これから身一つになつてしたいままの道楽なり何なりお尽《つ》くしなされ、もういくらこの子を欲しいと言つても返すことではござんせぬぞ、返しはしませぬぞと念を押《お》して、押し入れ探《さぐ》つて何やら

更なり
言うまでもなく、その上。

の小風呂敷《こぶろしき》取り出《い》だし、これはこの子の寝間着《ねまき》の袷《あはせ》、はらがけと三尺《じやく》だけもらつてゆきまする、御酒《ごしゆ》の上といふでもなければ、醒《さ》めての思案もありますまいけれど、よく考へてみてくだされ、たとへどのやうな貧苦の中でも二人そろつて育てる子は長者の暮らしといひまする、別れれば片親、何につけても不憫《ふびん》なはこの子とお思ひなさらぬか、ああ腸《はらわた》が腐《くさ》つた人は子の可愛《かはい》さもわかりはすまい、もうお別れ申しますと風呂敷さげて表へ出《い》づれば、早くゆけゆけとて呼びかへしてはくれざりし。

（八）

魂祭《たままつ》り過ぎて幾日《いくじつ》、まだ盆提灯《ぼんぢやうちん》のかげ薄淋《うすさび》しきころ、新開《しんかい》の町を出《い》でし棺《くわん》二つあり、一つは駕《かご》にて一つはさしかつぎにて、駕は菊《きく》の井《ゐ》の隠居処《いんきよじよ》よりしのびやかに出でぬ、大路《おほぢ》に見る人のひそめくを聞けば、あの子もとんだ運のわるいつまらぬやつに見込《みこ》まれて可愛さうなことをしたといへば、イヤあれは得心《とくしん》づくだと言ひまする、あの日の夕暮れ、お寺の山で二人立ちばなしを

魂祭り　盂蘭盆会《うらぼんえ》。七月十三・十四・十五日。
さしかつぎ　棺《かん》に縄《なわ》をかけて棒《ぼう》を通し、前後二人で担《かつ》いで行く、貧しい粗末《そまつ》な葬送《そうそう》。
ひそめく　ささやき合う。
得心づく　納得《なっとく》ずく。

してゐたといふ確かな証人もござります、女も逆上《のぼせ》てゐた男のことなれば義理にせまつてやつたのでござろといふもあり、何のあの阿魔《あま》が義理はりを知らうぞ湯屋の帰りに男に逢《あ》うたれば、さすがに振《ふ》りはなして逃《に》げることもならず、一処《いつしよ》に歩いて話はしてもゐたらうなれど、切られたは後ろ袈裟《げさ》、頬先《ほほさき》のかすり疵《きず》、頚筋《くびすぢ》の突疵《つききず》などいろいろあれども、たしかに逃げるところをやられたに相違《さうゐ》ない、引きかへて男はみごとな切腹《せつぷく》、蒲団《ふとん》やの時代から左《さ》のみの男と思はなんだがあれこそは死花《しにばな》、えらさうに見えたといふ、何にしろ菊《きく》の井《ゐ》は大損であらう、かの子にはけつこうな旦那《だんな》がついたはず、取りにがしては残念であらうと人の愁《うれ》ひを串談《じようだん》に思ふものもあり、諸説みだれてとりとめたることとなけれど、恨《うら》みは長し人魂《ひとだま》か何かしらず筋を引く光り物のお寺の山といふ小高きところより、折ふし飛べるを見し者ありと伝へぬ。

義理はりを知らうぞ　義理を立て通すことなど知っていようか。

後ろ袈裟　背後から、斜《なな》めに切り下げられること。

左のみの男と…　それほどの男とは思っていなかったが。

死花　見事な死に様を見せること。

十三夜

（上）

いつもは威勢《ゐせい》よき黒ぬり車の、それ門《かど》に音が止まつた娘《むすめ》ではないかと両親《ふたおや》に出迎《でむか》はれつるものを、今宵《こよひ》は辻《つじ》より飛びのりの車さへ帰して悄然《しよんぼり》と格子戸《かうしど》の外に立てば、家内《うち》には父親が相《あひ》かはらずの高声、いはばわしも福人《ふくじん》の一人、いづれも柔順《おとな》しい子供を持つて育てるに手はかからず人には褒《ほ》められる、分外の欲さへ渇《かわ》かねばこの上に望みもなし、やれやれありがたいことと物がたられる、あの相手は定めし母《はは》さん、ああ何もご存じなしにあのやうに喜んでおいであそばすものを、どの顔さげて離縁状《りえんじやう》もらうてくだされと言はれたものか、叱《しか》られるは必定《ひつぢやう》、太郎《たらう》といふ子もある身にて置いて駆《か》け出して来るまでにはいろいろ思案もしつくしての後《のち》なれど、今更《いまさら》にお老人《としより》を驚《おどろ》かしてこれまでの喜びを水の泡《あわ》にさせますることつらや、いつそ話さずに戻《もど》らうか、戻れば太郎の母と言はれていつまでも原田《はらだ》の奥様《おくさま》、ご両親に奏任《そうにん》の聟《むこ》がある身と自慢《じまん》させ、私《わたし》さへ身を節倹《つめ》れば時たまはお口に合ふ物お小遣《こづか》ひも差し

黒ぬり車
　黒の漆《うるし》をぬった高級な人力車。

福人
　幸運に恵《めぐ》まれた人。

分外の欲さへ…
　分不相応の欲さえ抱《だ》かなければ。

必定
　必ずそうと決まっていること。

奏任
　奏任官。明治の高級官僚《かんりょう》。

あげられるに、思ふままを通して離縁《りえん》とならば太郎には継母《ままはは》の憂《う》き目を見せ、ご両親には今までの自慢の鼻にはかに低くさせまして、人の思はく、弟《おとと》の行《ゆ》く末、ああ、この身一つの心から出世の真《しん》も止めずはならず、戻らうか、戻らうか、あの鬼《おに》のやうな我が良人《つま》のもとに戻らうか、あの鬼の、鬼の良人のもとへ、ええ厭厭《いやいや》と身をふるはすとたん、よろよろとして思はず格子《かうし》にがたりと音さすれば、誰《だれ》だと大きく父親の声、道ゆく悪太郎《あくたらう》のいたづらとまがへてなるべし。

外なるはおほほと笑うて、お父《とつ》さん私《わたし》でござんすといかにも可愛《かはゆ》き声、や、誰だ、誰であつたと障子を引き明けて、ほうお関《せき》か、なんだなそんなところに立つてゐて、どうしてまたこのおそくに出かけてきた、車もなし、女中も連れずか、やれやれま早く中へ入れ、さあ入れ、どうも不意に驚《おどろ》かされたやうでまごまごするわな、格子は閉《し》めずともよいわしが閉める、ともかくも奥《おく》がいい、ずつとお月様のさす方へ、さ、蒲団《ふとん》へ乗れ、蒲団へ、どうも畳《たたみ》が汚《きたな》いので大屋《おほや》に言つてはおいたが職人の都合があると言うてな、遠慮《ゑんりよ》も何もい

悪太郎　いたずらっ子。

外なるは　外にいた者は。

たまらぬ　元のままでいられない。ここでは、奇麗《きれい》な着物が汚《よご》れてしまう、の意。

らない着物がたまらぬからそれを敷《し》いてくれ、やれやれどうしてこの遅《おそ》くに出てきたお宅《うち》では皆《みな》お変はりもなしかといつにかはらずもてはやさるれば、針の席《むしろ》にのるやうにて奥さま扱《あつか》ひ情けなくじつとなみだを呑《の》み込《こ》んで、はい誰も時候の障《さは》りもござりませぬ、私は申し訳のないご無沙汰《ぶさた》してをりましたが貴君《あなた》もお母《つか》さんもご機嫌《きげん》よくいらつしやりますかと問へば、いやもうわしはくさみ一つせぬくらゐ、お袋《ふくろ》は時たま例の血の道といふやつを始めるがの、それも蒲団かぶつて半日も居ればけろけろとする病だから子細はなしさと元気よくからからと笑ふに、亥之《ゐの》さんが見えませぬが今晩はどちらへか参りましたか、あの子もかはらず勉強でござんすかと問へば、母親はほたほたとして茶を進めながら、亥之は今しがた夜学に出てゆきました、あれもお前お陰《かげ》さまでこの間は昇給《しようきふ》させていただいたし、課長様が可愛がつてくださるのでどれくらゐ心丈夫《こころぢやうぶ》であらう、これと言ふもやつぱり原田さんの縁《えん》引がある からだとて宅《うち》では毎日いひ暮らしてゐます、お前に如才《じよさい》はあるまいけれどこの後《ご》とも原田さんのご機嫌のいいやうに、亥之はあのとほり口の重い質《たち》だし

針の席にのるやうにて
　つらい状態におかれること。

奥さま扱ひ…
　実の娘を身分の高い人であるかのように扱うことを「情けない」と言っている。

血の道
　婦人病。

子細はなしさ
　問題はないのさ。

ほたほたとして
　いかにも嬉《うれ》しそうな様子。

如才はあるまいけれど
　手落ちはないだろうけれど。

いづれお目にかかつてもあつけないご挨拶《あいさつ》よりほかできまいと思はれるから、何分ともお前が中に立つて私《わたし》どもの心が通じるやう、亥之が行《ゆ》く末をもお頼《たの》み申しておいておくれ、ほんに替《か》はり目で陽気が悪いけれど太郎《たろ》さんはいつも悪戯《おいた》をしてゐますか、なぜに今夜は連れておいでない、お祖父《ぢい》さんも恋《こひ》しがつておいでなされたものをと言はれて、また今更《いまさら》にうら悲しく、連れてこようと思ひましたけれどあの子は宵《よひ》まどひでもうとうに寝《ね》ましたからそのまま置いてまゐりました、本当に悪戯《いたづら》ばかりつのりまして聞きわけとては少しもなく、外へ出れば跡《あと》を追ひまするし、家内《うち》に居れば私の傍《そば》ばつかりねらうて、ほんにほんに手がかかつてなりませぬ、なぜあんなでござりませうと言ひかけて思ひ出しの涙《なみだ》むねの中にみなぎるやうに、思ひ切つて置いては来たれど今ごろは目を覚まして母《かか》さん母さんと婢女《をんな》どもを迷惑《めいわく》がらせ、煎餅《おせん》やおこしのたらしも利《き》かで、皆々《みなみな》手を引いて鬼《おに》に食はすとおどかしてでもゐよう、ああ可愛《かはい》さうなことをと声たてても泣きたきを、さしも両親《ふたおや》の機嫌《きげん》よげなるに言ひ出《い》でかねて、烟《けむり》にまぎらす烟草《たばこ》二三服、空咳《からせき》こんこんとして涙を

替はり目　季節の変わり目。

宵まどひ　夜早いうちから眠《ねむ》たがること。

たらし　その場限りのごまかし。

襦袢《じゆばん》の袖《そで》にかくしぬ。
　今宵《こよひ》は旧暦《きうれき》の十三夜、旧弊《きうへい》なれどお月見の真似《まね》ごとに団子《いしいし》をこしらへてお月様におそなへ申せし、これはお前も好物なれば少々なりとも亥之助《ゐのすけ》に持たせてあげようと思うたれど、亥之助も何かきまりを悪がつてそのやうな物はおよしなされと言ふし、十五夜にあげなんだから片月見《かたつきみ》になつても悪し、食べさせたいと思ひながら思ふばかりであげることができなんだに、今夜来てくれるとは夢のやうな、ほんに心が届いたのであらう、自宅《うち》でうまい物はいくらも食べようけれど親のこしらひたはまた別物、奥様気《おくさまぎ》を取りすてて今夜は昔のお関になつて、見得《みえ》をかまはず豆なり栗《くり》なり気に入つたを食べて見せておくれ、いつでも父《とと》さんと噂《うはさ》すること、出世は出世に相違《さうゐ》なく、人の見る目も立派なほど、お位のいい方々や御身分《ごみぶん》のある奥様がたとのお交際《つきあひ》もして、ともかくも原田の妻と名のつて通るには気骨の折れることもあらう、女子《をんな》どもの使ひやう出入りの者の行《ゆ》き渡《わた》り、人の上に立つものはそれだけに苦労が多く、里方《さとかた》がこのやうな身柄《みがら》ではなほさらのこと人に侮《あなど》られぬやうの心がけ

片月見
十三夜と十五夜のどちらか片方だけを祝うこと。不吉であるとされていた。

女子ども
女性の奉公人《ほうこうにん》。

出入りの者
ご用聞きにくる人々。

行き渡り
気配り。

里方
実家。

もしなければなるまじ、それをさまざまに思うてみると父《とと》さんだとて私《わたし》だとて孫なり子なりの顔の見たいはあたりまへなれど、あんまりうるさく出入りをしてはと控《ひか》へられて、ほんに御門の前を通ることはありとも木綿《もめん》着物に毛《け》繻子《じゆす》の洋傘《かうもり》さした時にはみすみすお二階のすだれを見ながら、ああお関は何をしてゐることかと思ひやるばかり行き過ぎてしまひまする、実家でも少しなんとかなつてゐたならばお前の肩身も広からうし、同じくでも少しは息のつけようものを、何をいふにもこの通り、お月見の団子《いしいし》をあげようにも重箱《おぢゆう》からしてお恥《は》づかしいではなからうか、ほんにお前の心遣《こころづか》ひが思はれると嬉《うれ》しき中にも思ふままの通路がかなはねば、愚痴《ぐち》の一《ひと》つかみ賤《いや》しき身分を情けなげに言はれて、本当に私は親不孝だと思ひまする、それはなるほどやはらかい衣類《きもの》きて手車に乗りあるく時は立派らしくも見えませうけれど、父さんや母《かか》さんにかうして上げようと思ふこともできず、いはば自分の皮一重、いつそ賃仕事してもお傍《そば》で暮らした方がよつぽど快うございますと言ひ出すに、馬鹿《ばか》、馬鹿、そのやうなことを仮にも言うてはならぬ、嫁《よめ》に行つた身が実家《さと》

息のつけようものを　ほっとできるだろうに、の意。
思ふままの通路　思うままの行き来。
やはらかい衣類　絹織物のこと。
手車　ここでは、自家用の人力車。
自分の皮一重　自分の身一つ。

の親の貢《みつぎ》をするなどと思ひもよらぬこと、家《うち》に居る時は斎藤《さいとう》の娘《むすめ》、嫁入《い》つては原田の奥方《おくがた》ではないか、勇《いさむ》さんの気に入るやうにして家の内を納めてさへゆけばなんの子細はない、骨が折れるからとてそれだけの運のある身ならば堪《た》へられぬことはないはず、女などといふものはどうも愚痴で、お袋《ふくろ》などがつまらぬことを言ひ出すから困り切る、いやどうも団子《だんご》を食べさせることができぬとて一日大立腹《おほりつぷく》であつた、だいぶ熱心でこしらへたものと見えるから十分に食べて安心させてやつてくれ、よほど甘《うま》からうぞと父親《てておや》の滑稽《おどけ》を入れるに、再び言ひそびれてご馳走《ちそう》の栗枝豆《くりえだまめ》ありがたく頂戴《ちやうだい》をなしぬ。

　嫁入りてより七年の間、いまだに夜に入りて客に来しこともなく、土産《みやげ》もなしに一人歩きして来るなど悉皆《しつかい》ためしのなきことなるに、思ひなしか衣類もいつもほどきらびやかならず、稀《まれ》に逢《あ》ひたる嬉しさに左《さ》のみは心も付かざりしが、聟《むこ》よりの言伝《ことづて》とて何一言の口上もなく、無理に笑顔《ゑがほ》は作りながら底に萎《しを》れしところのあるは何か子細のなくてはかなはず、父親は机の上の置時計を眺《なが》めて、これやモウほどなく十時になるが関は泊《と》まつて行つてよいのか

悉皆　全然。
口上　挨拶《あいさつ》。
子細のなくては…　訳がないはずはない。

の、帰るならばもう帰らねばなるまいぞと気を引いてみる親の顔、娘《むすめ》は今更《いまさら》のやうに見上げてお父《とつ》さん私《わたくし》はお願ひがあつて出たのでござります、どうぞお聞きあそばしてときつとなつて畳《たたみ》に手を突《つ》く時、はじめて一しづく幾層《いくそ》の憂《う》きをもらしそめぬ。

父は穏《おだ》やかならぬ色を動かして、改まつて何かのと膝《ひざ》を進めれば、私《わたし》は今《こ》宵《よひ》限り原田へ帰らぬ決心で出てまゐつたのでござります、勇が許しでまゐつたのではなく、あの子を寝《ね》かして、太郎を寝かしつけて、もうあの顔を見ぬ決心で出てまゐりました、まだ私の手よりほか誰《だれ》の守《も》りでも承諾《しようち》せぬほどのあの子を、だまして寝かして夢のうちに、私《わたくし》は鬼《おに》になつて出てまゐりました、お父さん、お母《つか》さん、察してくださりませ私は今日までつひに原田の身についてお耳に入れましたこともなく、勇《いさむ》と私《わたし》との中を人に言うたことはござりませぬけれど、千度《ちたび》も百度《ももたび》も考へ直して、二年も三年も泣きつくして今日といふ今日どうでも離縁《りえん》をもらうていただかうと決心の臍《ほぞ》をかためました、どうぞお願ひでござります離縁の状を取つてくださされ、私はこれから内職なり

幾層の憂き　何層にも積もったつらさ。

臍をかためました　覚悟《かくご》を決めました。

何なりして亥之助が片腕《かたうで》にもなられるやう心がけますほどに、一生一人でおいてくださりませとわつと声たてるを噛《か》みしめる襦袢《じゆばん》の袖《そで》、墨絵《すみゑ》の竹も紫竹《しちく》の色にや出《い》づると哀《あは》れなり。

それはどういふ子細でと父も母も詰《つ》め寄つて問ひかかるに今までは黙《だま》つてゐましたれど私の家《うち》の夫婦《めをと》さし向かひを半日見てくださつたらたいていがおわかりになりませう、もの言ふは用事のある時慳貪《けんどん》に申しつけられるばかり、朝起きまして機嫌《きげん》をきけばふと脇《わき》を向いて庭の草花をわざとらしき褒《ほ》めことば、これにも腹はたてども良人《をつと》のあそばすことなればと我慢《がまん》して私は何も言葉あらそひしたこともござんせぬけれど、朝飯《あさはん》あがる時から小言は絶えず、召使《めしつか》ひの前にてさんざんと私が身の不器用不作法をお並べなされ、それはまだ辛棒《しんばう》もしませうけれど、二言《ふたこと》めには教育のない身、教育のない身とお蔑《さげす》みなさる、それはもとより華族《くわぞく》女学校の椅子《いす》にかかつて育つたものではないに相違《さうゐ》なく、ご同僚《どうれう》の奥様《おくさま》がたのやうにお花のお茶の、歌の画《ゑ》のと習ひ立てたこともなければそのお話のお相手はできませせぬけれど、できずは人知れ

墨絵の竹も…　襦袢の袖に描かれた墨絵の竹も、涙《なみだ》に濡《ぬ》れてまだらになって、紫竹の色になるかと。

慳貪に　無情に。つっけんどんに。

ず習はせてくださつても済むべきはず、何も表向き実家の悪いを風聴《ふうちやう》なされて、召使《めしつか》ひの婢女《をんな》どもに顔の見られるやうなことなさらずともよかりさうなもの、嫁入《よめい》つて丁度《ちやうど》半年ばかりの間は関や関やと下へも置かぬやうにしてくださつたけれど、あの子ができてからといふものはまるでお人が変はりまして、思ひ出しても恐《おそ》ろしうござります、私《わたし》はくら暗《やみ》の谷へ突《つ》き落とされたやうに暖かい日の影《かげ》といふを見たことがござりませぬ、はじめのうちは何か串《じよう》談《だん》にわざとらしく邪慳《じやけん》にあそばすのと思うてをりましたけれど、全くは私にお飽《あ》きなされたのでこうもしたら出てゆくか、ああもしたら離縁《りえん》をと言ひ出すかと苦《いぢ》めて苦めて苦め抜《ぬ》くのでござりましよ、お父《とつ》さんもお母《つか》さんも私の性分はご存じ、よしや良人《をつと》が芸者狂《ぐる》ひなさらうとも、囲ひ者してお置きなさらうともそんなことに悋気《りんき》する私でもなく、侍婢《をんな》どもからそんな噂《うはさ》も聞こえますけれどあれほど働きのあるお方なり、男の身のそれくらゐはありうちと他処行《よそゆき》には衣類《めしもの》にも気をつけて気に逆らはぬやう心がけてをりますに、ただもう私のすることとては一から十までおもしろくなくおぼしめし、箸《はし》の

風聴なされて　言いふらされて。

顔の見られるやうなこと　軽蔑《けいべつ》の視線を向けられるようなこと。

下へも置かぬやうにして　大切にしてくださって。

全くは　実際は。

悋気する　嫉妬《しつと》する。

ありうち　ありがち。

上げ下ろしに家の内の楽しくないは妻が仕方が悪いからだとおつしやる、それもどういふことが悪い、ここがおもしろくないと言ひ聞かしてくださるやうならばよけれど、一筋につまらぬくだらぬ、わからぬやつ、とても相談の相手にはならぬの、いはば太郎の乳母《うば》として置いてつかはすのとあざけつておつしやるばかり、ほんに良人といふではなくあのお方は鬼《おに》でござりまする、ご自分の口から出てゆけとはおつしやりませぬけれど私がこのやうな意久地《いくぢ》なしで太郎の可愛《かはゆ》さに気が引かれ、どうでもおことばに異背《いはい》せずはいはいとお小言を聞いてをりますれば、張りも意気地《いきぢ》もないぐうたらのやつ、それからして気に入らぬとおつしやりまする、さうかといつて少しなりとも私の言ひ条を立てて負けぬ気にお返事をしましたらそれを取つてに出てゆけと言はれるは必定《ひつぢやう》、私はお母さん出てくるのはなんでもござんせぬ、名のみ立派の原田勇に離縁《りえん》されたからとて夢さら残りをしいとは思ひませぬけれど、なんにも知らぬあの太郎が、片親になるかと思ひまするとと意地もなく我慢《がまん》もなく、詫《わ》びて機嫌《きげん》をとつて、なんでもないことに恐《おそ》れ入つて、今日までもものの言は

一筋に　ひたすらに。
どうでも　どのようであっても。
異背せず　そむかず。
言ひ条　言い分。
夢さら　少しも。

ず辛棒《しんばう》してをりました、お父《とつ》さん、お母《つか》さん、私《わたし》は不運でございますとて口《く》惜《や》しさ悲しさ打ち出《い》だし、思ひもよらぬことをかたれば両親《ふたおや》は顔を見合はせて、さてはそのやうの憂《う》き中かとあきれてしばしいふ言《こと》もなし。

　母親は子に甘《あま》きならひ、聞くことごとに身にしみて口惜《くちを》しく、父《とと》さんはなんと思《おぼ》し召《め》すか知らぬがもともとこちからもらうてくだされと願うてやつた子ではなし、身分が悪いの学校がどうしたのとよくもよくも勝手なことが言はれたもの、先方《さき》は忘れたかも知らぬがこちらはたしかに日まで覚えてゐる、阿関《おせき》が十七のお正月、まだ門松《かどまつ》を取りもせぬ七日の朝のことであつた、もとの猿楽町《さるがくちやう》のあの家《うち》の前でお隣《となり》の小娘《ちひさいの》と追羽根《おひばね》して、あの娘《こ》の突《つ》いた白い羽根が通りかかつた原田さんの車の中へ落ちたとつて、それをば阿関がもらひに行《ゆ》きしに、その時はじめて見たとか言つて人橋《ひとばし》かけてやいやいともらひたがる、お身分がらにも釣《つ》り合ひませぬし、こちらはまだ根つからの子供で何も稽古事《けいこごと》も仕込《しこ》んでは置きませず、支度《したく》とてもただ今のありさまでございますからとて幾度《いくたび》断つたか知れはせぬけれど、何も舅姑《しうとしうとめ》のやかましいがあるで

憂き中　つらい夫婦仲。

人橋かけて　仲介者を立てて。

はなし、わしが欲《ほ》しくてわしがもらふに身分も何も言ふことはない、稽古は引き取つてからでも充分《じゆうぶん》させられるからその心配も要《い》らぬこと、とかくくれさへすれば大事にしておかうからとそれはそれは火のつくやうに催促《さいそく》して、こちらからねだつた訳ではなけれど支度まで先方《さき》で調《ととの》へていはばお前は恋《こひ》女房《にようばう》、私や父さんが遠慮《ゑんりよ》して左《さ》のみは出入りをせぬといふも勇さんの身分を恐《おそ》れてではない、これが妾手《めかけ》かけに出したのではなし正当《しやうたう》にも正当にも百まんだら頼《たの》みによこしてもらつていつた嫁《よめ》の親、大威張《おほゐば》りに出入りしても差しつかへはなけれど、あちらが立派にやつてゐるに、こちらがこの通りつまらぬくらしをしてゐれば、お前の縁《えん》にすがつて聟《むこ》の助《たす》力《け》を受けもするかと他《ひ》人様《とさま》のおもはくが口惜しく、痩《や》せ我慢《がまん》ではなけれど交際《つきあひ》だけはご身分相応に尽《つ》くして、平常《へいぜい》は逢《あ》ひたい娘《むすめ》の顔も見ずにゐまする、それをばなんの馬鹿馬《ばかば》鹿《か》しい親なし子でも拾つて行つたやうに大層らしい、ものができるのできぬのとよくそんな口が利《き》けたもの、黙《だま》つてゐては際限もなく募《つの》つてそれはそれは癖《くせ》になつてしまひます、第一は婢女《をんな》どもの手前奥様《おくさま》の威光《ゐくわう》が削《そ》げて、末に

とかく　とにかく。

手かけ　妾と同じ。

百まんだら　何度も繰《く》り返し。

大層らしい　いかにも大げさである。

はお前の言ふことを聞く者もなく、太郎を仕立てるにも母《はは》さんを馬鹿《ばか》にする気になられたらなんとしまする、言ふだけのことはきつと言うて、それが悪いと小言をいうたらなんの私《わたし》にも家《うち》がありますとて出てくるがよからうではないか、ほんに馬鹿馬鹿しいとつてはそれほどのことを今日が日まで黙つてゐるといふことがありますものか、あんまりお前が温順《おとな》し過ぎるからわがままがつのられたのであろ、聞いたばかりでも腹が立つ、もうもう退《ひ》けてゐるには及《およ》びません、身分がなんであらうが父もある母もある、年はゆかねど亥之助といふ弟《おとと》もあればそのやうな火の中にじつとしてゐるには及ばぬこと、なあ父《とと》さん一ぺん勇さんに逢《あ》うて十分油を取つたらようござりましよと母は猛《たけ》つて前後もかへりみず。

父親《てておや》はさきほどより腕《うで》ぐみして目を閉ぢてありけるが、ああお袋《ふくろ》、無茶のことを言うてはならぬ、わしさへ始めて聞いてどうしたものかと思案にくれる、阿関のことなればなみたいていでこんなことを言ひ出しさうにもなく、よくよくつらさに出てきたと見えるが、して今夜は聟《むこ》どのは不在《るす》か、何か改

仕立てるにも
教育するにも。

退けてゐるには
気後《きおく》れしている
には。

油を取つたら
油を絞《しぼ》ったら。
こらしめたら。

まつての事件でもあつてか、いよいよ離縁《りえん》するとでも言はれて来たのかと落ちついて問ふに、良人《をつと》は一昨日《をととひ》より家《うち》へとては帰られませぬ、五日六日と家を明けるは平常《つね》のこと、左のみ珍《めづら》しいとは思ひませぬけれど出際《でぎは》に召物《めしもの》のそろへかたが悪いとていかほど詫《わ》びても聞き入れがなく、それをば脱《ぬ》いでたたきつけて、ご自身洋服にめしかへて、ああ、わしぐらゐ不仕合《ふしあ》はせの人間はあるまい、お前のやうな妻を持つたのはと言ひ捨《ず》てに出ておいであそばしました、なんといふことでござりませう一年三百六十五日ものいふこともなく、たまたま言はれるはこのやうな情けないことばをかけられて、それでも原田の妻と言はれたいか、太郎の母で候《さうらふ》と顔おし拭《ぬぐ》つてゐる心か、我が身ながら我が身の辛棒《しんばう》がわかりませぬ、もうもう私は良人《つま》も子もござんせぬ嫁入《よめい》りせぬ昔と思へばそれまで、あの頑是《ぐわんぜ》ない太郎の寝顔《ねがほ》を眺《なが》めながら置いてくるほどの心になりましたからは、もうどうでも勇の傍《そば》に居ることはできませぬ、親はなくとも子は育つと言ひまするし、私のやうな不運の母の手で育つより継母御《ままははご》なり、御手《おて》かけなり気に適《かな》うた人に育ててもらうたら、少しは父《てて》

頑是ない　幼くて聞き分けのない。

御《ご》も可愛《かはゆ》がつて後々《のちのち》あの子のためにもなりませう、私《わたし》はもう今宵《こよひ》かぎりどうしても帰ることはいたしませぬとて、断《た》つても断てぬ子の可憐《かはゆ》さに、きれいに言へどもことばはふるへぬ。

父は歎息《たんそく》して、無理はない、居づらくもあらう、困つた中になつたものよとしばらく阿関の顔を眺《なが》めしが、大丸髷《おほまるまげ》に金輪《きんわ》の根を巻きて黒縮緬《くろちりめん》の羽織なんの惜《を》しげもなく、我が娘《むすめ》ながらいつしか調《ととの》ふ奥様風《おくさまふう》、これをば結び髪《がみ》に結《ゆ》ひかへさせて、綿銘仙《めんめいせん》の半天《はんてん》に襷《たすき》がけの水仕業《みづしわざ》さすることいかにして忍《しの》ばるべき、太郎といふ子もあるものなり、いつたんの怒《いか》りに百年の運を取りはづして、人には笑はれものとなり、身はいにしへの斎藤主計《さいとうかずへ》が娘に戻《もど》らば、泣くとも笑ふとも再度《ふたたび》原田太郎が母とは呼ばるること成るべきにもあらず、良人《をつと》に未練は残さずとも我が子の愛の断ちがたくは離《はな》れていよいよものをも思ふべく、今の苦労を恋《こひ》しがる心も出《い》づべし、かく形よく生まれたる身の不《ふ》幸《しやは》せ、不相応の縁《えん》につながれて幾《いく》らの苦労をさすることと哀《あは》れさの増《ま》されども、いや阿関かう言ふと父が無慈悲《むじひ》で汲《く》み取つてくれぬのと思ふか知らぬが

形よく生まれたる身　美しく生まれついたこと。

決してお前を叱《しか》るではない、身分が釣《つ》り合はねば思ふことも自然違《ちが》うて、こちらは真《しん》から尽《つ》くす気でも取りやうによつてはおもしろくなく見えることもあらう、勇さんだからとてあのとほり物の道理を心得た、利発の人ではありずいぶん学者でもある、無茶苦茶にいぢめ立てる訳ではあるまいが、得て世間に褒《ほ》めものの敏腕家《はたらきて》などと言はれるはきはめて恐《おそ》ろしいわがままもの、外では知らぬ顔に切つてまはせど勤め向きの不平などまで家内《うち》へ帰つて当たりちらされる、的《まと》になつてはずいぶんつらいこともあらう、なれどもあれほどの良人を持つ身のつとめ、区役所がよひの腰弁当《こしべんたう》が釜《かま》の下を焚《た》きつけてくれるのとは格が違《ちが》ふ、したがつてやかましくもあらうむづかしくもあらうそれを機嫌《きげん》のいいやうにととのへてゆくが妻の役、表面《うはべ》には見えねど世間の奥様《おくさま》といふ人たちのいづれもおもしろくをかしき中ばかりはあるまじ、身一つと思へば恨《うら》みも出る、なんのこれが世の勤めなり、殊《こと》にはこれほど身がらの相《さう》違《ゐ》もあることとなれば人一倍の苦もある道理、お袋《ふくろ》などが口広いことは言へど亥之が昨今の月給にありついたも必竟《ひつきやう》は原田さんの口入れではなからうか、

学者　ここでは、教育のある者の意。

得て　えてして。

切つてまはせど　切り回すけれども。

区役所がよひの腰弁当　下級官吏《かんり》のこと。

口広いこと　口幅《はば》ったいこと。

口入れ　口添《そ》え。

七光《ななひかり》どころか十光《とひかり》もして間接《よそ》ながらの恩を着ぬとは言はれぬにつらからうとも一つは親のため弟《おとと》のため、太郎といふ子もあるものを今日までの辛棒《しんばう》がなるほどならば、これから後《ご》とてできぬことはあるまじ、離縁《りえん》を取つて出たがよいか、太郎は原田のもの、そちは斎藤の娘《むすめ》、一度縁が切れては二度と顔見にゆくこともなるまじ、同じく不運に泣くほどならば原田の妻で大泣きに泣け、なあ関さうではないか、合点《がてん》がいつたら何事も胸に納めて知らぬ顔に今夜は帰つて、今まで通りつつしんで世を送つてくれ、お前が口に出さんとても親も察しる弟も察しる、涙《なみだ》は各自《てんで》に分けて泣かうぞと因果を含《ふく》めてこれも目を拭《ぬぐ》ふに、阿関はわつと泣いてそれでは離縁をといふうたもわがままでござりました、なるほど太郎に別れて顔も見られぬやうにならばこの世に居たとて甲斐《かひ》もないものを、ただ目の前の苦をのがれたとてどうなるものでござんせう、ほんに私《わたし》さへ死んだ気にならば三方四方波風たたず、ともあれあの子も両親の手で育てられまするに、つまらぬことを思ひ寄りまして、貴君《あなた》にまで嫌《いや》なことをお聞かせ申しました、今宵《こよひ》限り関はなくなつて魂《たましひ》一つがあの

因果を含めて　情理を言い聞かせて。

子の身を守るのと思ひますれば良人《をつと》のつらく当たるくらゐ百年も辛棒できさうなこと、よくお言葉も合点がゆきました、もうこんなことはお聞かせ申しませぬほどに心配をしてくださりますなとて拭ふあとからまた涙、母親は声たててなんといふこの娘《こ》は不仕合《ふしや》はせとまた一しきり大泣きの雨、くもらぬ月も折から淋《さび》しくて、うしろの土手の自然生《しぜんば》えを弟の亥之が折つて来て、瓶《びん》にさしたる薄《すすき》の穂《ほ》の招く手振《てぶ》りも哀《あは》れなる夜なり。

実家は上野《うへの》の新坂下《しんざかした》、駿河台《するがだい》への路《みち》なれば茂《しげ》れる森の木《こ》のした暗《やみ》わびしけれど、今宵《こよひ》は月もさやかなり、広小路《ひろこうぢ》へ出づれば昼も同様、雇《やと》ひつけの車宿《くるまやど》とてなき家なれば路ゆく車を窓から呼んで、合点がいつたらともかくも帰れ、主人《あるじ》の留守に断りなしの外出、これをとがめられるとも申し訳のことばはあるまじ、少し時刻は遅《おく》れたれど車ならばつい一飛《ひと》び、話は重ねて聞きに行かう、まづ今夜は帰つてくれとて手を取つて引き出《い》だすやうなるもことあらだてじの親の慈悲《じひ》、阿関はこれまでの身と覚悟《かくご》してお父《とつ》さん、お母《つか》さん、今夜のことはこれ限り、帰りますからは私は原田の妻なり、良人《をつと》を誹《そし》るは済み

自然生え
自然に生えている植物。

雇ひつけの車宿
いつも雇っている人力車の営業所。

ことあらだてじの
事を荒立《あらだ》てまいとする。

ませぬほどにもう何も言ひませせぬ、関は立派な良人《おっと》を持つたので弟《おとと》のためにもいい片腕《かたうで》、ああ安心なと喜んでゐてくだされば私《わたし》は何も思ふことはござんせぬ、決して決して不了簡《ふれうけん》など出すやうなことはしませぬほどにそれも案じてくださりますな、私の身体《からだ》は今夜をはじめに勇のものだと思ひまして、あの人の思ふままに何となりしてもらひましよ、それではもう私は戻《もど》ります、亥之さんが帰つたらばよろしくいうておいてくだされ、お父《とつ》さんもお母さんもご機嫌《きげん》よう、この次には笑うて参りまするとて是非《ぜひ》なささうに立ちあがれば、母親はなけなしの巾着《きんちやく》さげて出て駿河台《するがだい》までいくらでゆくと門《かど》なる車夫に声をかくるを、あ、お母さんそれは私がやりまする、ありがたうござんしたと温順《おとな》しく挨拶《あいさつ》して、格子戸《かうしど》くぐれば顔に袖《そで》、涙《なみだ》をかくして乗り移る哀《あは》れさ、家《うち》には父が咳払《せきばら》ひのこれもうるめる声なりし。

（下）

さやけき月に風のおと添《そ》ひて、虫の音《ね》たえだえにものがなしき上野《うへの》へ入り

不了簡　不心得。具体的には、ここでは家出・自殺など。

てよりまだ一町もやうやうと思ふに、いかにしたるか車夫《しやふ》はぴつたりと轅《かぢ》を止めて、まことに申しかねましたが私はこれでご免《めん》を願ひます、代《だい》はいりませぬからお下りなすつてと突然《だしぬけ》にいはれて、思ひもかけぬことなれば、阿関《おせき》は胸をどつきりとさせて、あれお前そんなことを言つては困るではないか、少し急ぎのことでもあり増しは上げようほどに骨を折つておくれ、こんな淋《さび》しいところでは代はりの車もあるまいではないか、それはお前人困らせといふもの、ぐづらずに行つておくれと少しふるへて頼《たの》むやうに言へば、増しが欲《ほ》しいと言ふのではありませぬ、私からお願ひですどうぞお下りなすつて、もう引くのが厭《いや》になつたのでござりますと言ふに、それではお前加減でも悪いか、まあどうしたといふ訳、ここまで挽《ひ》いて来て厭になつたでは済むまいがねと声に力を入れて車夫を叱《しか》れば、ご免なさいまし、もうどうでも厭になつたのですからとて提灯《ちやうちん》を持ちしままふと脇《わき》へのがれて、お前はわがままの車夫《くるまや》さんだね、それならば約定《きめ》のところまでとは言ひませぬ、代はりのあるとこまで行つてくれればそれでよし、代《だい》はやるほどにどこかそこらまで、せ

轅* 人力車の梶棒《かじぼう》。

代はいりませぬから 料金はいりませんから。

増し 追加料金。

めて広小路《ひろこうぢ》までは行つておくれと優《やさ》しい声にすかすやうにいへば、なるほど若いお方ではありこの淋《さび》しいところへおろされては定めしお困りなさりませう、これは私《わたし》が悪うございました、ではお乗せ申しませう、お供をいたしませう、さぞお驚《おどろ》きなさりましたらうとて悪者《わる》らしくもなく提灯《ちやうちん》を持ちかゆるに、お関《せき》もはじめて胸をなで、心丈夫《こころぢやうぶ》に車夫《しやふ》の顔を見れば二十五六の色黒く、小男の痩《や》せぎす、あ、月にそむけたあの顔が誰《たれ》やらであつた、誰やらに似てゐると人の名も咽元《のどもと》までころがりながら、もしやお前さんはと我知らず声をかけるに、え、と驚いて振《ふ》りあふぐ男、あれお前さんはあのお方ではないか、私をよもやお忘れはなさるまいと車よりすべるやうに下りてつくづくとうちまもれば、貴嬢《あなた》は斎藤《さいとう》の阿関さん、面目《めんもく》もないこんな姿《なり》で、背後《うしろ》に目がなければなんの気もつかずにゐました、それでも音声《ものごゑ》にも心づくべきはずなるに、私はよつぽどの鈍《どん》になりましたと下を向いて身を恥《は》ぢれば、阿関は頭《つむり》の先より爪先《つまさき》まで眺《なが》めていいえいいえ私だとて往来で行《ゆ》き逢《あ》うたくらゐではよもや貴君《あなた》と気はつきますまい、たつた今の先までも知らぬ他人の車夫《くるまや》さんと

すかすやうに　なだめるように。

うちまもれば　じっと見つめると。

鈍になりました　鈍感になりました。頭のはたらきが鈍《にぶ》くなりました。

のみ思うてゐましたにご存じないはあたりまへ、もつたいないことであつたれど知らぬことなればゆるしてくだされ、まあいつからこんな業《こと》して、よくそのか弱い身に障《さは》りもしませぬか、伯母《をば》さんが田舎《ゐなか》へ引き取られてお出《い》でなされて、小川町《をがはまち》のお店をお廃《や》めなされたといふ噂《うはさ》はよそながら聞いてもゐましたれど、私も昔の身でなければいろいろと障《さは》ることがあつてな、お尋《たづ》ね申すは更《さら》なること手紙あげることもなりませんかつた、今はどこに家《うち》を持つて、お内儀《かみ》さんも御健勝《おまめ》か、小児《ちッさい》のもできてか、今も私は折ふし小川町の勧工場《くわんこうば》見《み》物に行《ゆ》きまするたびたび、旧《もと》のお店がそつくりそのまま同じ烟草店《たばこみせ》の能登《のと》やといふになつてゐまするを、いつ通つてものぞかれて、ああ高坂《かうさか》の録《ろく》さんが子供であつたころ、学校の行《ゆ》きもどりに寄つては巻烟草《まきたばこ》のこぼれをもらうて、生意気らしう吸ひ立てたものなれど、今はどこに何をして、気の優《やさ》しい方なればこんなむづかしい世にどのやうの世渡《よわた》りをしておいでならうか、それも心にかかりまして、実家へ行くたびにご様子を、もし知つてもゐるかと聞いてはみまするけれど、猿楽町《さるがくちやう》を離《はな》れたのは今で五年の前、根つからお便

もつたいないことであつたれど　恐《おそ》れ多いことではあったけれど。旧知の録之助の引く車に乗っていたことをさす。

伯母さん　ここでは、録之助の母。

御健勝か　健康で、丈夫《じょうぶ》ですか。

りを聞く縁《えん》がなく、どんなにお懐《なつか》しうございましたらうと我が身のほどをも忘れて問ひかくれば、男は流れる汗《あせ》を手拭《てぬぐ》ひにぬぐうて、お恥《は》づかしい身に落ちまして今は家《うち》といふものもござりませぬ、寝処《ねどころ》は浅草町《あさくさまち》の安宿、村田《むらた》といふが二階に転がつて、気に向いた時は今夜のやうに遅《おそ》くまで挽《ひ》くこともありまするし、厭《いや》と思へば日《ひ》がな一日《いちにち》ごろごろとして烟《けぶり》のやうに暮らしてゐまする、貴嬢《あなた》は相変はらずの美しさ、奥様《おくさま》におなりなされたと聞いた時からそれでも一度は拝むことができるか、一生のうちにまたお言葉を交《か》はすことができるかと夢のやうに願うてゐました、今日までは入り用のない命と捨て物に取りあつかうてゐましたけれど命があればこそのご対面、ああよく私《わたくし》を高坂《かうさか》の録之助《ろくのすけ》と覚えてゐてくださりました、かたじけなうござりますと下を向くに、阿関はさめざめとして誰《だれ》も憂《う》き世《よ》に一人と思うてくださるな。

してお内儀《かみ》さんはと阿関の問へば、ご存じでござりましよ筋向かふの杉田《すぎた》やが娘《むすめ》、色が白いとか恰好《かつかう》がどうだとか言うて世間の人はやみくもに褒《ほ》めたてた女《もの》でござります、私《わたし》がいかにも放蕩《のら》をつくして家《うち》へとては寄りつかぬや

お恥づかしい身に落ちまして　人力車夫になっていることをさす。

捨て物　無用のもの。

やみくもに　やたらと。

放蕩をつくして　酒などに溺《おぼ》れて、身を持ち崩《くず》して。

もらふべきころに　嫁《よめ》を貰《もら》うべきころ。

うになつたを、もらふべきころにもらふものをもらはぬからだと親類の中《うち》のわからずやが勘違《かんちが》ひして、あれならばと母親が眼鏡《めがね》にかけ、ぜひもらへ、やれもらへと無茶苦茶に進めたてる五月蝿《うるさ》さ、どうなりとなれ、なれ、勝手になれとてあれを家《うち》へ迎《むか》へたは丁度《ちやうど》貴嬢がご懐妊《くわいにん》だと聞きました時分のこと、一年目には私がところにもおめでたうを他人《ひと》からは言はれて、犬張子《いぬはりこ》や風車《かざぐるま》を並べたてるやうになりましたれど、なんのそんなことで私が放蕩のやむことか、人は顔のいい女房《にようぼ》を持たせたら足が止まるか、子が生まれたら気が改まるかとも思うてゐたのであらうなれど、たとへ小町《こまち》と西施《せいし》と手を引いて来て、衣通姫《そとほりひめ》が舞《まひ》を舞つて見せてくれても私の放蕩は直らぬことにきめておいたを、なんで乳くさい子供の顔見て発心《ほつしん》ができませう、遊んで遊んで遊び抜《ぬ》いて、呑《の》んで呑んで呑み尽《つ》くして、家も稼業《かげふ》もそつちのけに箸《はし》一本もたぬやうになつたは一昨々年《さきをととし》、お袋《ふくろ》は田舎《ゐなか》へ嫁入《よめい》つた姉のところに引き取つてもらひまするし、女房《にようぼ》は子をつけて実家《さと》へ戻《もど》したまま音信不通《いんしんふつう》、女の子ではあり惜《を》しいともなんとも思ひはしませぬけれど、その子も昨年の暮れチプスに

眼鏡にかけ　目利《めき》きをして。

犬張子　乳幼児用のおもちゃ。

小町と西施　「小町」は小野小町、「西施」は中国春秋時代の美女。ともに代表的美人。

衣通姫　衣《ころも》を通しても美しさが光り輝《かがや》くと言われた美女。

発心　改心を思い立つこと。

箸一本もたぬやうになつた　無一文になった。

かかつて死んださうに聞きました、女はませなものではあり、死ぬ際《ぎは》には定め し父《とと》さんとかなんとか言うたのでござりませう、今年居れば五つになるのでござりました、なんのつまらぬ身の上、お話にもなりませぬ。

男はうす淋《さび》しき顔に笑《ゑ》みを浮《う》かべて貴嬢《あなた》といふことも知りませぬので、とんだわがままの不調法、さ、お乗りなされ、お供をしまする、さぞ不意でお驚《おどろ》きなさりましたらう、車を挽《ひ》くといふも名ばかり、何が楽しみに轅棒《かぢばう》をにぎつて、何が望みに牛馬《うしうま》の真似《まね》をする、銭《ぜに》をもらへたら嬉《うれ》しいか、酒が呑《の》まれたら愉快《ゆくわい》なか、考へれば何もかも悉皆厭《しつかいいや》で、お客様を乗せようが空《から》車の時だらうが嫌《いや》となると用捨《ようしや》なく嫌になりまする、あきれはてるわがまま男、愛《あい》想《そ》が尽《つ》きるではありませぬか、さ、お乗りなされ、お供をしますと進められて、あれ知らぬうちは仕方もなし、知つて其車《それ》に乗れますものか、それでもこんな淋《さび》しいところを一人ゆくは心細いほどに、広小路《ひろこうぢ》へ出るまでただ道づれになつてくだされ、話しながら行《ゆ》きませうとてお関は小褄《こづま》少し引きあげて、ぬり下駄《げた》のおとこれも淋しげなり。

小褄少し引きあげて　着物の裾《すそ》をつまんで。

昔の友といふうちにもこれは忘られぬ由縁《ゆかり》のある人、小川町《をがはまち》の高坂《かうさか》とて小《こ》奇麗《ぎれい》な烟草屋《たばこや》の一人息子《むすこ》、今はこのやうに色も黒く見られぬ男になつてはゐれども、世にあるころの唐桟《たうざん》ぞろひに小気《こき》の利いた前だれがけ、お世辞も上手、愛敬《あいけう》もありて、年のゆかぬやうにもない、父親《てておや》の居た時よりはかへつて店が賑《にぎ》やかなと評判された利口らしい人の、さてもさてもの替《か》はりやう、我が身が嫁入《よめい》りの噂《うはさ》聞こえ初《そ》めたころから、やけ遊びの底ぬけ騒《さわ》ぎ、高坂の息子はまるで人間が変はつたやうな、魔《ま》でもさしたか、たたりでもあるか、よもやただごとではないとそのころに聞きしが、今宵《こよひ》見ればいかにも浅ましい身のありさま、木賃泊《きちんど》まりに居なさんすやうにならうとは思ひもよらぬ、私《わたし》はこの人に思はれて、十二の年より十七まで明け暮れ顔を合はせるたびにゆくゆくはあの店のあすこへ座《すわ》つて、新聞見ながら商《あきな》ひするのと思うてもゐたれど、はからぬ人に縁《えん》の定まりて、親々の言ふことなればなんの異存を入れられよう、烟草屋の録《ろく》さんにはと思へどそれはほんの子供ごころ、さきからも口へ出して言うたことはなし、こちらはなほさら、これは取りとまらぬ夢

世にあるころ　人並みに社会生活を送っていたころ。

唐桟ぞろひ　着物と羽織がともに唐桟ずくめ。

年のゆかぬやうにもない　年が若いのに似合わず。

木賃泊まり　木賃宿で暮らすこと。

取りとまらぬ　とりとめのない。

のやうな恋《こひ》なるを、思ひ切つてしまへ、思ひ切つてしまへ、あきらめてしまはうと心を定めて、今の原田《はらだ》へ嫁入《よめい》りのことにはなつたれど、その際《きは》までも涙《なみだ》がこぼれて忘れかねた人、私《わたし》が思ふほどはこの人も思うて、それゆゑの身の破滅《はめつ》かも知れぬものを、我がこのやうな丸髷《まるまげ》などに、とりすましたるやうな姿をいかばかり面《つら》にくく思はれるであらう、夢さらさうした楽《たの》しらしい身ではなけれどもと阿関は振《ふ》りかへつて録之助を見やるに、何を思ふか茫然《ばうぜん》とせし顔つき、時たま逢《あ》ひし阿関に向かつて左《さ》のみは嬉《うれ》しき様子も見えざりき。

広小路《ひろこうぢ》に出づれば車もあり、阿関は紙入れより紙幣《しへい》いくらか取り出《い》だして小菊《こぎく》の紙にしをらしく包みて、録さんこれはまことに失礼なれど鼻紙なりとも買つてくだされ、久しぶりでお目にかかつて何か申したいことは沢山《たんと》あるやうなれど口へ出ませぬは察してくだされ、では私はお別れにいたします、随分《ずいぶん》からだをいとうて煩《わづら》はぬやうに、伯母《をば》さんをも早く安心させておあげなさりまし、陰《かげ》ながら私も祈ります、どうぞ以前の録さんにおなりなされて、お立派にお店をお開きになりますところを見せてくだされ、左様《さやう》ならばと挨《あい》

時たま　まれに。

小菊の紙　白い和紙。

しをらしく　控《ひか》えめに。

撥《さつ》すれば録之助は紙づつみをいただいて、お辞儀《じぎ》申すはずなれど貴嬢《あなた》のお手よりくだされたのなれば、ありがたく頂戴《ちやうだい》して思ひ出にしまする、お別れ申すが惜《を》しいと言つてもこれが夢ならば仕方のないこと、さ、おいでなされ、私《わたくし》も帰ります、更《ふ》けては路《みち》が淋《さび》しうござりますぞとて空車《からぐるま》引いてうしろ向く、それは東へ、これは南へ、大路《おほぢ》の柳《やなぎ》月のかげになびいて力なささうの塗《ぬ》り下駄《げた》のおと、村田の二階も原田の奥《おく》も憂《う》きはお互《たが》ひの世におもふこと多し。

お辞儀申すはずなれど　ご辞退申し上げるところですが。

それ…これ　「それ」は録之助、「これ」はお関。

村田の二階　録之助がいる木賃《きちん》宿。

憂きは…　憂き世ということでは、すなわち、つらい世ということでは互《たが》いに物思いが多いだろう、の意。

大つごもり

（上）

井戸《ゐど》は車にて綱《つな》の長さ十二尋《ひろ》、勝手は北向きにて師走《しはす》の空のから風ひゅうひゅうと吹《ふ》きぬきの寒さ、おお堪《た》へがたと竈《かまど》の前に火なぶりの一分は一時にのびて、割木《わりき》ほどのことも大台《おほだい》にして叱《しか》りとばさるる婢女《はした》の身つらや、はじめ受宿《うけやど》の老媼《おば》さまが言葉にはお子様がたは男女《なんによ》六人、なれども常住《じやうぢゆう》家内《うち》においであそばすはご総領と末お二人、少しご新造《しんぞ》は機嫌《きげん》かひなれど、目色顔色を呑《の》みこんでしまへば大したこともなく、結句《けつく》おだてに乗る質《たち》なれば、お前の出様《でやう》一つで半襟半《はんえりはん》がけ前垂《まへだれ》の紐《ひも》にもことは欠くまじ、ご身代《しんだい》は町内第一にて、その代はり吝《しわ》きことも二とは下がらねど、よきことには大旦那《おほだんな》が甘《あま》い方ゆゑ、少しのほまちはなきこともあるまじ、厭《いや》になつたら私《わたし》の所《とこ》まで端書《はがき》一枚、こまかき事はいらず、他所《よそ》の口を探せとならば足は惜《を》しまじ、いづれ奉公《ほうこう》の秘伝は裏表と言うて聞かされて、さても恐《おそ》ろしきことを言ふ人と思へど、何も我が心一つでまたこの人のお世話にはなるまじ、勤め大事に骨さへ

*井戸は車にて　滑車《かつしや》を用いた車井戸。

十二尋　約二一・六メートル。非常に深い。

火なぶりの一分は一時にのびて　竈《かまど》の火にあたって暖をとるその時間が、一分から一時間に延びて。

割木ほどの…　小割の薪《たきぎ》ぐらいの小さなことも、大げさに言われて叱りとばされる。

折らばお気に入らぬこともなきはずと定めて、かかる鬼《おに》の主《しゆう》をも持つぞかし、目見《めみ》えの済みて三日の後《のち》、七歳《ななつ》になる嬢《ぢやう》さま踊《をど》りのさらひに午後よりとある、その支度《したく》は朝湯にみがき上げてと霜《しも》氷る暁《あかつき》、あたたかき寝床《ねどこ》の中《うち》よりご新造《しんぞ》灰吹《はひふ》きをたたきて、これこれと、これが目覚ましの時計より胸にひびきて、三言《みこと》とは呼ばれもせず帯より先に襷《たすき》がけのかひがひしく、井戸端《ゐどばた》に出《い》づれば月かげ流しに残りて、肌《はだへ》を刺《さ》すやうな風の寒さに夢を忘れぬ、風呂《ふろ》は据風呂《すゑぶろ》にて大きからねど、二つの手桶《てをけ》に溢《あふ》るるほど汲《く》みて、十三は入れねばならず、大汗《おほあせ》になりて運びけるうち、輪宝《りんぽう》のすがりし曲《ゆが》み歯《ば》の水ばき下駄《げた》、前鼻緒《まへばなを》のゆるゆるになりて、指を浮《う》かさねば他愛《たわい》のなきやうなりし、その下駄にて重き物を持ちたれば足もとおぼつかなくて流し元の氷にすべり、あれと言ふ間もなく横にころべば井戸がはにて向かふ臑《ずね》したたかに打ちて、可愛《かはい》や雪はづかしき膚《はだ》に紫《むらさき》の生々しくなりぬ、手桶をもそこに投げ出《い》だして一つは満足なりしが一つは底ぬけになりけり、此《これ》桶の価なにほどか知らねど、身代これがためにつぶれるかのやうにご新造の額際《ひたへぎは》に青筋おそろしく、朝飯のお給仕よ

受宿　奉公口《ほうこうぐち》の周旋《しゆうせん》・仲介《ちゆうかい》業者。

ご新造　奥様《おくさま》。

機嫌かひ　気まぐれで、自分中心に態度を変える人。

結句　結局のところ。

ご身代　財産。

大旦那　ここでは主人公の奉公先の主人のこと。ご新造の夫。

ほまち　決まった報酬《ほうしゆう》以外の儲《もう》け。

りにらまれて、その日一日ものも仰《おほ》せられず、一日おいてよりは箸《はし》の上げ下ろしに、この家《や》の品は無代《ただ》ではできぬ、主の物とて粗末《そまつ》に思うたら罰《ばち》が当たるぞえと明け暮れの談義、来る人ごとに告げられて若き心には恥《は》づかしく、その後はものごとに念を入れて、つひに粗相《そさう》をせぬやうになりぬ、世間に下女つかふ人も多けれど、山村《やまむら》ほど下女の替《か》はる家はあるまじ、月に二人は平常《つね》のこと、三日四日に帰りしもあれば一夜《よ》居て逃《に》げ出《い》でしもあらん、開闢《かいびやく》以来を尋《たづ》ねたらば折る指にあの内儀《かみ》さまが袖口《そでぐち》おもはるる、思へばお峰《みね》は辛棒《しんばう》もの、あれに酷《むご》く当たつたらば天罰《てんばつ》たちどころに、この後は東京広しといへども、山村の下女になるものはあるまじ、感心なもの、みごとの心がけと賞《ほ》めるもあれば、第一容貌《きりやう》が申し分なしだと、男はぢきにこれを言ひけり。

秋よりただ一人の伯父《をぢ》が煩《わづら》ひて、商売の八百《やほ》や店《みせ》もいつとなく閉ぢて、同じ町ながら裏屋住居《ずまゐ》になりしよしは聞けど、むづかしき主を持つ身の給金を先にもらへばこの身は売りたるも同じこと、見舞《みまひ》にと言ふこともならねば心ならねど、お使ひ先の一寸の間とても時計を目当てにして幾足幾町《いくあしいくちやう》とそのし

いづれ奉公の秘伝は…　結局、奉公のこつは裏と表を使い分けることだ、の意。

*156

灰吹き　煙草《たばこ》の吸い殻《がら》を落とす筒《つつ》。

曲み歯　ゆがんだ形にすりへった下駄の歯。

水ばき下駄　台所用の下駄。

他愛のなきやうなりし　手応《てごた》えのないようになってしまった。

らべの苦しさ、馳《は》せ抜《ぬ》けても、とは思へど悪事千里といへばせつかくの辛棒《しんばう》を水泡《むだ》にして、お暇《いとま》ともならばいよいよ病人の伯父《をぢ》に心配をかけ、痩世帯《やせぜたい》に一日の厄介《やくかい》も気の毒なり、そのうちにはと手紙ばかりをやりて、身はここに心ならずも日を送りける。師走《しはす》の月は世間一体物せはしき中を、こと更《さら》に選みて綾羅《きら》をかざり、一昨日《をととひ》出そろひしと聞く某《それ》の芝居《しばゐ》、狂言《きやうげん》も折からおもしろき新物《しんもの》の、これを見のがしてはと娘《むすめ》どもの騒《さわ》ぐに、見物は十五日、珍《めづら》しく家内中《うちぢゆう》との触《ふ》れになりけり、このお供を嬉《うれ》しがるは平常《つね》のこと、父母なき後はただ一人の大切な人が、病の床《とこ》に見舞《みま》ふこともせで、物見遊山《ものみゆさん》に歩くべき身ならず、ご機嫌《きげん》に違《ちが》ひたらばそれまでとして遊びの代はりのお暇を願ひしにさすがは日ごろの勤めぶりもあり、一日すぎての次の日、早く行《ゆ》きて早く帰れと、さりとは気ままの仰《おほ》せにありがたうぞんじますと言ひしは覚えで、やがては車の上に小石川《こいしかは》はまだかまだかともどかしがりぬ。

　初音町《はつねちやう》といへばゆかしけれど、世をうぐひすの貧乏町《びんぼふまち》ぞかし、正直安兵衛《しやうぢきやすべゑ》とて神はこの頭《かうべ》に宿り給《たま》ふべき大薬缶《おほやくわん》の額ぎはぴかぴかとして、これを目印

雪はづかしき膚　雪も恥《は》じるほどの白い肌《はだ》。

箸の上げ下ろしに　ことあるごとに、の意。

開闢以来　天地が開けて以来。大げさな言い方。

裏屋住居　裏長屋に住むこと。極貧《ごくひん》の生活を暗示。

給金を先に…　奉公《ほうこう》に出た時点で、前借りをしている。

158 綾羅をかざり　着飾《きかざ》って。

に田町《たまち》より菊坂《きくざか》あたりへかけて、茄子大根《なすびだいこ》のご用をもつとめける、薄元手《うすもとで》を折りかへすなれば、折から直《ね》の安うてかさのある物より外は棹《さを》なき舟《ふね》に乗合《のりあひ》の胡瓜《きうり》、苞《つと》に松茸《まつたけ》の初物などは持たで、八百安《やほやす》が物はいつも帳面につけたやうなと笑はるれど、愛顧《ひいき》はありがたきもの、曲がりなりにも親子三人の口をぬらして、三之助《さんのすけ》とて八歳《やつ》になるを五厘《りん》学校に通はするほどの義務《つとめ》もしけれど、世の秋つらし九月の末、にはかに風が身にしむといふ朝、神田《かんだ》に買ひ出しの荷を我が家《や》までかつぎ入れるとそのまま、発熱《ほつねつ》につづいて骨病《ほねや》みの出《い》でしやら、三月ごしの今日まで商《あきな》ひは更《さら》なること、だんだんに食べへらして天《てん》秤《びん》まで売る仕義《しぎ》になれば、表店《おもてだな》の活計《くらし》たちがたく、月五十銭の裏屋《うらや》に人目の恥《はぢ》を厭《いと》ふべき身ならず、また時節があらばとて引き越《こ》しも無惨《むざん》や車に乗するは病人ばかり、片手に足らぬ荷をからげて、同じ町の隅《すみ》へと潜《ひそ》みぬ。お峰は車より下りてそこここと尋《たづ》ぬるうち、凧《たこ》紙風船などを軒《のき》につるして、子供を集めたる駄菓子《だぐわし》やの門《かど》に、もし三之助の交じりてかとのぞけど、影《かげ》も見えぬにがつかりして思はず往《ゆ》き来を見れば、我が居るよりは向かひのがはを痩《や》せ

一昨日出そろひし　人気役者がそろった、の意か。
さりとは　そうとは。
言ひしは覚えで　言ったのも覚えないで。言ったか言わないかのうちに、の意。
やがては　そのまま。
世をうぐひすの　「世を憂く」と「うぐひす」をかける。
正直安兵衛とて　諺《ことわざ》「正直の頭に神宿る」をふまえる。
大薬缶

ぎすの子供が薬瓶《くすりびん》もちて行く後ろ姿、三之助よりは丈《たけ》も高くあまり痩《や》せたる子と思へど、様子の似たるにつかつかと駆《か》け寄りて顔をのぞけば、やあ姉さん、あれ三ちやんであつたか、さてもよいところでと伴《ともな》はれて行くに、酒《さか》やと芋《いも》やの奥《おく》深く、溝板《どぶいた》がたがたと薄《うす》くらき裏に入れば、三之助は先へ駆けて、父《とと》さん、母《かか》さん、姉さんを連れて帰つたと門口《かどぐち》より呼び立てぬ。

なにお峰が来たかと安兵衛が起き上がれば、女房《つま》は内職の仕立物《したてもの》に余念なかりし手をやめて、まあまあこれは珍《めづら》しいと手を取らぬばかりに喜ばれ、見れば六畳一間《でふひとま》に一間《いつけん》の戸棚《とだな》ただ一つ、箪笥《たんす》長持《ながもち》はもとよりあるべき家ならねど、見し長火鉢《ながひばち》のかげもなく、今戸焼《いまどやき》の四角なるを同じ形《なり》の箱に入れて、これがそもそもこの家の道具らしきもの、聞けば米櫃《こめびつ》もなきよし、さりとは悲しきなりゆき、師走《しはす》の空に芝居《しばゐ》みる人もあるをとお峰はまづ涙《なみだ》ぐまれて、まづまづ風の寒きに寝《ね》ておいでなされませ、と堅焼《かたや》きに似し薄蒲団《うすぶとん》を伯父《をぢ》の肩《かた》に着せて、さぞさぞ沢山《たんと》のご苦労なさりましたろ、伯母様《をばさま》もどこやら痩せが見えまする、心配のあまりわづらうてくださりますな、それでも日増《ひま》しによ

「薬缶頭」はつるつるにはげている頭のこと。

茄子大根の…
八百屋といっても、店を開いていたのではなく、商品を売り歩いていた。

薄元手を…
少しの元手金で毎日をやりくりしなければならないので。

いつも帳面に…
いつも、売り物の種類が同じであることをからかっている。

口をぬらして
「口をぬらす」は、

い方でござんすか、手紙で様子は聞けど見ねば気にかかりて、今日のお暇《いとま》を待ちに待つてやつとのこと、なに家《うち》などはどうでもよござります、伯父様ご全快にならば表《おも》店《て》に出るも訳なきことなれば、一日も早くよくなつてくだされ、伯父様に何《なん》ぞと存じたれど、道は遠し心は急《せ》く、車夫《くるまや》の足が何時《いつ》より遅《おそ》いやうに思はれて、ご好物の飴屋《あめや》が軒《のき》も見はぐりました、此金《これ》は少々なれどわたしが小遣《こづか》ひの残り、麹町《かうじまち》のご親類よりお客のありし時、そのご隠居《いんきよ》さま寸白《すばく》のお起こりなされてお苦しみのありしに、夜を徹《とほ》してお腰《こし》をもみたれば、前垂《まへだれ》でも買へとてくだされた、それや、これや、お家《うち》は堅《かた》けれどよそよりのお方が贔負《ひいき》になされて、伯父さま喜んでくだされ、勤めにくくもござんせぬ、この巾着《きんちやく》も半襟《はんえり》もみな頂き物、襟は質素《ぢみ》なれば伯母さまかけてくだされ、巾着は少し形《なり》をかへて三之助がお弁当の袋に丁度《ちやうど》よいやら、それでも学校へは行《ゆ》きますか、お清書があらば姉にも見せてとそれからそれへ言ふこと長し。

七歳《ななつ》のとしに父親《てておや》得意場の蔵普請《くらぶしん》に、足場を昇《のぼ》りて中ぬりの泥鏝《こて》を持ちながら、下なる奴《やつこ》に物いひつけんと振《ふ》り向くとたん、暦《こよみ》に黒ぼしの仏滅《ぶつめつ》とでもい

やっとで生活をたてること。

骨病み　神経痛。

商ひは更なること　商売は言うまでもなく。

表店　表通りに面した店。

160

一間　約一・八二メートル。

今戸焼　安価な陶器《とうき》。

堅焼き　堅焼き煎餅《せんべい》のこと。蒲団が薄くて堅いことをたとえている。

ふ日でありしか、年来馴《な》れたる足場をあやまりて、落ちたるも落ちたるも下は敷石《しきいし》に模様《もやう》がへの処《ところ》ありて、掘《ほ》りおこして積みたてたる切り角に頭脳したたか打ちつけたれば甲斐《かひ》なし、哀《あは》れ四十二の前厄《まへやく》と人々後《のち》に恐《おそ》ろしがりぬ、母は安兵衛が同胞《きやうだい》なればここに引き取られて、これも二年の後はやり風にはかに重くなりて亡《う》せたれば、後は安兵衛夫婦を親として、十八の今日まで恩はいふに及《およ》ばず、姉さんと呼ばるれば三之助は弟《おとと》のやうに可愛《かあゆ》く、ここへここへと呼んで背をなで顔をのぞいて、さぞ父《とと》さんが病気で淋《さび》しくつらかろ、お正月もぢきに来れば姉が何《なん》ぞ買つて上げますぞえ、母《かか》さんに無理をいうて困らせてはなりませぬと教ゆれば、困らせるどころか、お峰聞いてくれ、歳《とし》は八つなれど身体《からだ》も大きし力もある、わしが寝《ね》てからは稼《かせ》ぎ人《て》なしの費用《いりめ》は重なる、四苦八苦見かねたやら、表の塩物《しほもの》やが野郎《やらう》と一処《いつしよ》に、蜆《しじみ》を買ひ出しては足の及《およ》ぶだけ担《かつ》ぎまはり、野郎が八銭うれば十銭の商《あきな》ひは必ずある、一つは天道《てんたう》さまが奴《やつこ》の孝行を見とほしてか、となりかくなり薬代は三が働き、お峰ほめてやつてくれとて、父は蒲団《ふとん》をかぶりて涙《なみだ》に声をしぼりぬ。学校は

見はぐりました　見逃《みのが》しました。

寸白　女性の下腹痛などの俗称《ぞくしよう》。

蔵普請　蔵を建てること。「普請」は建築一般《いつぱん》をいう。

下なる奴　下にいる男。

162

年来　長年。

哀れ四十二の前厄　男性は四十二歳《さい》が大厄《たいやく》で、その前の年を前厄という。

塩物や　塩干物《ひもの》などを売

好きにも好きにもつひに世話をやかしたることなく、朝めし食べると馳《か》け出して三時の退校《ひけ》に道草のいたづらしたことなく、自慢《じまん》ではなけれど先生さまにも褒《ほ》め物の子を、貧乏《びんぼふ》なればこそ蜆を担《かつ》がせて、この寒空に小さな足に草鞋《わらぢ》をはかせる親心、察してくだされとて伯母《をば》も涙なり。お峰は三之助を抱《だ》きしめて、さてもさても世間に無類の孝行、大がらとても八歳《やつ》は八歳、天秤《てんびん》肩《かた》にして痛みはせぬか、足に草鞋くひはできぬかや、堪忍《かんにん》してくだされ、今日よりは私《わたし》も家《うち》に帰りて伯父様《をぢさま》の介抱活計《かいはうくらし》の助けもしまする、知らぬこととて今朝までも釣瓶《つるべ》の縄《なは》の氷をつらがつたはもつたいない、学校ざかりの年に蜆を担がせて姉が長い着物きてゐられうか、伯父さま暇《いとま》を取つてくだされ、私はもはや奉公《ほうこう》はよしまするとてとり乱して泣きぬ。三之助はおとなしく、ほろりほろりと涙のこぼれるを、見せじとうつむきたる肩《かた》のあたり、針目あらはに衣破《きぬや》れて、此《これ》肩に担ぐか見る目もつらし、安兵衛はお峰が暇を取らんと言ふにそれはもつてのほか、志は嬉《うれ》しけれど帰りてからが女の働き、それのみかご主人へは給金の前借りもあり、それッ、と言うて帰られるものでは

り歩く商人。

天道さま　太陽のこと。天の神様。

三が働き　三之助の稼《かせ》ぎのおかげだ。

さてもさても　なんとまあ。

草鞋くひ　草鞋の緒《お》で足の皮をすりむくこと。

学校ざかりの年　学校に行くのに一番いい年ごろ。

長い着物きて　ここでは、楽な暮らしをしていることのたとえ。実際のお峰は、

なし、初奉公《うひぼうこう》が肝腎《かんじん》、辛棒《しんばう》がならで戻《もど》つたと思はれてもならねば、お主《しゆう》大事に勤めてくれ、わが病気《やまひ》も長くはあるまじ、少しよくば気の張弓《はりゆみ》、引きつづいて商《あきな》ひもなる道理、ああいま半月の今歳《ことし》が過ぎれば新年《はる》はよきことも来たるべし、何事も辛棒辛棒、三之助も辛棒してくれ、お峰も辛棒してくれとて涙《なみだ》を納めぬ。珍《めづら》しき客に馳走《ちそう》はできねど好物の今川焼《いまがはやき》、里芋《さといも》の煮《に》ころがしなど、たくさんたべろよと言ふ言葉が嬉《うれ》し、苦労はかけまじと思へどみすみす大晦日《おほみそか》に迫《せま》りたる家の難儀《なんぎ》、胸につかへの病は癪《しやく》にあらねどそもそも床《とこ》につきたる時、田町《たまち》の高利かしより三月《みつき》しばりとて十円かりし、一円五拾銭は天《てん》利《り》とて手に入りしは八円半、九月の末よりなればこの月はどうでも約束の期限なれど、この中にてなんとなるべきぞ、額を合はせて談合の妻は人仕事に指先より血を出《い》だして日に拾銭の稼《かせ》ぎもならず、三之助に聞かするとも甲斐《かひ》なし、お峰が主は白金《しろかね》の台町《だいまち》に貸長屋《かしながや》の百軒《けん》も持ちて、あがり物ばかりに常《じやう》綺羅美々《きらびび》しく、我《われ》一度お峰への用事ありて門《かど》まで行きしが、千両にてはできまじき土蔵の普請《ふしん》、羨《うら》やましき富貴《ふうき》と見たりし、その主人に一年のなじみ、

重労働に苦しんでいる。
帰りてから　帰ったところで。
164
辛棒がならで　辛抱できないで。
お主大事に　ご主人さま第一で。
気の張弓、引きつづいて…　「気を張る」と「張弓」は懸詞《かけことば》、さらに「弓を引く」の縁語《えんご》に続く。
いま半月の今歳　物語の現在時は十二月十六日。
みすみす

気に入りの奉公人が少々の無心を聞かぬとは申されまじ、この月末に書きかへを泣きつきて、をどりの一両二分をここに払《はら》へばまた三月の延期《のべ》にはなる、かくいはば欲に似たれど、大道餅《だいだうもち》買うてなり三ガ日の雑煮《ざふに》に箸《はし》を持たせずば出世前の三之助に親のある甲斐《かひ》もなし、晦日までに金二両、言ひにくくともこの才覚たのみたきよしを言ひ出しけるに、お峰しばらく思案して、よろしうござんすたしかに受け合ひました、むづかしくはお給金の前借りにしてなり願ひましよ、見る目と家内《うち》とは違《ちが》ひて何処《いづこ》にも金銭の埒《らち》は明きにくけれど、多くではなしそれだけでここの始末がつくなれば、理由《わけ》を聞いて厭《いや》はおほせらるるまじ、それにつけても首尾《しゆび》そこなうてはならねば、今日は私《わたし》は帰ります、またの宿下がりは春永《はるなが》、そのころには皆々《みなみな》うち寄つて笑ひたきもの、とて此《こ》金《れ》を受け合ひける。金はなんとして越《おこ》す、三之助をもらひにやろかとあれば、ほんにそれでござんす、常日《つね》さへあるに大晦日というては私の身に隙《すき》はあるまじ、道の遠きに可憐《かはい》さうなれど三ちやんを頼《たの》みます、昼前のうちに必ず必ず支度《したく》はしておきまするとて、首尾よく受け合ひてお峰は帰りぬ。

目の前に見ていながら。

癪にあらねど　癪ではないけれども。「癪」は病の名。

三月しばり　三か月期限。

天利　初めに元金から引く利金。

あがり物　地代や家賃《やちん》などをいう。

常綺羅美々しく　普段から美しく着飾《きかざ》って。

書きかへ　借金の証書の書きかえ。

をどり

石之助《いしのすけ》とて山村《やまむら》の総領息子《むすこ》、母の違《ちが》ふに父親《てておや》の愛も薄《うす》く、これを養子に出《い》だして家督《あと》は妹娘《いもとむすめ》の中にとの相談、十年の昔より耳にはさみておもしろからず、今の世に勘当《かんだう》のならぬこそをかしけれ、思ひのままに遊びて母が泣きをと父親のことは忘れて、十五の春より不了簡《ふれうけん》をはじめぬ、男ぶりにがみありて利発らしきまなざし、色は黒けれどよき様子《ふう》とて四隣《あたり》の娘どもが風説《うはさ》も聞こえけれど、ただ乱暴一途《いちづ》に品川《しながは》へも足は向くれど騒《さわ》ぎはその座限《ぎ》り、夜中に車を飛ばして車町《くるままち》の破落戸《ごろ》がもとをたたき起こし、それ酒かへ肴《さかな》と、紙入れの底をはたきて無理をとほすが道楽なりけり、とてもこれに相続は石油蔵《せきゆぐら》へ火を入れるやうなもの、身代烟《しんだいけふり》となりて消え残る我ら何とせん、あとの兄弟も不憫《ふびん》と母親、父に讒言《ざんげん》の絶え間なく、さりとて此《これ》放蕩子を養子にと申し受くる人この世にはあるまじ、とかくは有り金の何ほどを分けて、若隠居《わかいんきょ》の別戸《べっこ》籍《せき》にと内々《うちうち》の相談は極《き》まりたれど、本人うはの空に聞き流して手に乗ら

借金の利子が二重になること。

才覚　ここでは金の工面。

むづかしくは　もしも難しいようなら。

埒は明きにくけれど　事が運びにくいけれど。決着がつきにくいけれど。

首尾そこなうてはならねば　ここでは、前借りの話がうまくいかなくてはまずいので、の意。

宿下がり

ず、分配金は一万、隠居扶持《いんきよぶち》月々おこして、遊興に関を据《す》ゑず、父上なくならば親代はりの我、兄上と捧《ささ》げて竈《かまど》の神の松一本も我が託宣《たくせん》を聞く心ならば、いかにもいかにも別戸《べつこ》のご主人になりて、この家《や》のためには働かぬが勝手、それよろしくば仰《おほ》せの通りになりましよと、どうでも嫌《いや》がらせを言ひて困らせける。去歳《こぞ》にくらべて長屋もふえたり、所得は倍にと世間の口より我が家の様子を知りて、をかしやをかしや、そのやうに延ばして誰《た》がものにする気ぞ、火事は灯明皿よりも出るものぞかし、総領と名のる火の玉がころがるとは知らぬか、やがて巻きあげて貴様たちによき正月をさせるぞと、伊皿子《いさらご》あたりの貧乏人《びんぼふにん》を喜ばして、大晦日《おほみそか》を当てに大呑《おほの》みの場処《ばしよ》もさだめぬ。

それ兄様のお帰りと言へば、妹《いもと》ども怕《こは》がりて腫《は》れもののやうに障《さは》るものなく、何事も言ふなりの通るに一段とわがままをつのらして、炬燵《こたつ》に両足、酔《ゑ》ひざめの水を水をと狼藉《らうぜき》はこれにとどめをさしぬ、憎《にく》しと思へどさすがに義理はつらきものかや、母親かげの毒舌をかくして風引かぬやうに小抱巻《こかいまき》何くれと枕《まくら》まであてがひて、明日の支度《したく》のむしり田作《ごまめ》、人手にかけては粗末《そまつ》にな

奉公人《ほうこうにん》が休みをもらって家に帰ること。

春永　ここでは、正月の藪入《やぶい》りをさす。

越す　よこす。

隙はあるまじ　暇《ひま》な時間はないだろう。

166

総領息子　長男のこと。

母が泣きを　母親が泣くのを見てやろう、の意。

不了簡　よくない行い。

紙入れ

るものと聞こえよがしの経済を枕もとに見しらせぬ。正午《ひる》も近づけばお峰《みね》は伯父《をぢ》への約束こころもとなく、ご新造《しんぞ》がご機嫌《きげん》を見はからふに暇《いとま》もなければ、わづかの手すきに頭《つむり》の手ぬぐひを丸《まろ》めて、このほどより願ひましたること、折からお忙《いそが》しき時心なきやうなれど、今日の昼過ぎにと先方《さき》へ約束のきびしき金とやら、お助けの願はれますれば伯父の仕合はせ私《わたし》の喜び、いついつまでもご恩に着まするとて手をすりて頼《たの》みける、最初《はじめ》いひ出《い》でし時にやふやながらつまりはよしとありし言葉を頼みに、またの機嫌むつかしければ五月蝿《うるさく》いひてはかへりていかがと今日までも我慢《がまん》しけれど、約束は今日といふ大《おほ》晦日《みそか》のひる前、忘れてか何とも仰《おほ》せのなき心もとなさ、我には身に迫《せま》りし大事と言ひにくきを我慢してかくと申しける、ご新造は驚《おどろ》きたるやうのあきれ顔して、それはまあ何の事やら、なるほどお前が伯父さんの病気、つづいて借金の話も聞きましたが、今が今私の宅《うち》から立てかへようとは言はなかつたはず、それはお前が何ぞの聞き違《ちが》へ、私はすこしも覚えのなきことと、これがこの人の十八番とはてもさても情けなし。

紙幣《しへい》を入れる財布。

身代烟となりて
財産は煙《けむり》のように消えてしまって。前行の「石油蔵へ火を入れる」を受けた表現。

讒言
事実をまげ、人を悪く言うこと。中傷。

とかくは
いずれにしても。結局のところ。

別戸籍
山村家の戸籍を離《はな》れて、新たに一家を構える。

手に乗らず

花紅葉《はなもみぢ》うるはしく仕立てし娘《むすめ》たちが春着の小袖《こそで》、襟《えり》をそろへて褄《つま》を重ねて、眺《なが》めつ眺めさせて喜ばんものを、邪魔《じやま》ものの兄が見る目うるさし、早く出てゆけ疾《と》く去《い》ねと思ふ思ひは口にこそ出《い》ださね、もち前の疳癪《かんしやく》したに堪《た》へがたく、智識《ちしき》の坊《ばう》さまが目にご覧じたらば、炎《ほのほ》につつまれて身は黒烟《くろけふり》に心は狂乱《きやうらん》の折ふし、言ふこともいふこと、金は敵薬《てきやく》ぞかし、現在うけ合ひしは我に覚えあれどなんのそれを厭《いと》ふことかは、おほかたお前が聞きちがへと立てきりて、烟草《たばこ》輪にふき私は知らぬと済ましけり。

ええ大金でもあることか、金なら二円、しかも口づから承知しておきながら十日とたたぬに耄《もう》ろくはなさるまじ、あれあの懸《か》け硯《すずり》の引き出しにも、これは手つかずの分と一束、十か二十かみなとは言はずただ二枚にて伯父が喜び伯母《をば》が笑顔《ゑがほ》、三之助《さんのすけ》に雑煮《ざふに》のはしも取らさるると言はれしを思ふにも、どうでも欲《ほ》しきはあの金ぞ、恨《うら》めしきはご新造とお峰は口惜《くちを》しさにものも言はれず、常々おとなしき身は理屈《りくつ》づめにやり込《こ》める術《すべ》もなくて、すごすごと勝手に立てば正午の号砲《どん》の音たかく、かかる折ふし殊更《ことさら》胸にひびくものなり。

相手の思うようにはならない。

隠居扶持
隠居としての手当て。

遊興に関を据ゑず
遊興のじゃまになるようなものを置かず。

託宣
神のお告げ。

どうでも
どうあっても。

延ばして
財産をふやして。

義理はつらきものかや
義理の関係は難しいものなのだろうか。

小抱巻

お母さまにすぐさまお出《い》でくださるやう、今朝よりのお苦しみに、潮時《しほどき》は午後、初産《うひざん》なれば旦那《だんな》とりとめなくお騒《さわ》ぎなされて、お老人《としより》なき家なれば混雑お話にならず、今が今お出でをとて、生死の分け目といふ初産に、西応寺《さいおうじ》の娘《むすめ》がもとより迎《むか》ひの車、これは大晦日《おほみそか》とて遠慮《ゑんりよ》のならぬものなり、家のうちには金もあり、放蕩《のら》どのが寝《ね》てはゐる、心は二つ、分けられぬ身なれば恩愛の重きに引かれて、車には乗りけれど、かかる時気楽の良人《をつと》が心根にくく、今日あたり沖釣《おきづ》りでもなきものをと、太公望《たいこうばう》がはり合ひなき人をつくづくと恨《うら》みてご新造《しんぞ》いでられぬ。

　行《ゆ》きちがへに三之助、ここと聞きたる白金台町《しろかねだいまち》、相違《さうゐ》なく尋《たづ》ねあてて、我が身のみすぼらしきに姉の肩身《かたみ》を思ひやりて、勝手口よりこはごはのぞけば、誰《たれ》ぞ来しかと竈《かまど》の前に泣き伏《ふ》したるお峰が、涙《なみだ》をかくして見出《みい》だせばこの子、おおよく来たとも言はれぬ仕義《しぎ》を何とせん、姉さま入つても叱《しか》られはしませぬか、約束の物はもらつてゆかれますか、旦那《だんな》やご新造によくお礼を申して来いと父《とと》さんが言ひましたと、子細を知らねば喜び顔つらや、まづまづ待つ

薄《うす》く綿を入れた小型の夜着。

168 聞こえよがしの経済　わざと聞こえるように倹約《けんやく》ぶりを口にして。

手をすりて…　手を合わせて拝むように頼《たの》んだ。

にやふやながら　あやふやではあるが。

十八番　得意なこと。

もち前の疳癪…　持ち前の疳癪を、心の奥《おく》に隠《かく》しておくことができず。

てくだされ、少し用もあればと馳《は》せゆきて内外《うちと》を見まはせば、嬢《ぢやう》さまがたは庭に出て追羽子《おひはご》に余念なく、小僧《こぞう》どのはまだお使ひより帰らず、お針は二階にてしかも聾《つんぼ》なれば子細なし、若旦那はと見ればお居間の炬燵《こたつ》に今ぞ夢の真《まつ》最中《ただなか》、拝みまする神さま仏さま、私《わたし》は悪人になりまする、なりたうはなけれどならねばなりませぬ、罰《ばち》をお当てなさらば私一人、遣《つか》うても伯父《をぢ》や伯母《をば》は知らぬことなればお免《ゆる》しなさりませ、もつたいなけれどこの金ぬすませてくだされと、かねて見おきし硯《すずり》の引き出しより、束のうちをただ二枚、つかみし後《のち》は夢とも現《うつつ》とも知らず、三之助に渡《わた》して帰したる始終を、見し人なしと思へるは愚《おろ》かや。

……………………………………

その日も暮れ近く旦那つりより恵比須《えびす》がほして帰らるれば、ご新造も続いて、安産の喜びに送りの車夫《もの》にまで愛想よく、今宵《こよひ》をしまへばまた見舞《みま》ひまする、明日は早くに妹《いもと》どもの誰《たれ》なりとも、一人は必ず手伝はすると言うてくだされ、さてさてご苦労と蠟燭代《らふそくだい》などをやりて、やれ忙《いそが》しや誰ぞ暇《ひま》な身体《からだ》を

智識の坊さま　徳の高い僧侶《そうりょ》。
金は敵薬ぞかし　「敵薬」は、配合によって毒にも薬にもなる薬。
口づから　自分の口から。
正午の号砲の音　昼十二時に大砲を一発打っていた。

170
とりとめなく　しっかりと定まらずに。
混雑　家中がばたばたして混乱していること。
これは

片身《かたみ》かりたきもの、お峰小松菜はゆでておいたか、数の子は洗つたか、大旦《おほだん》那《な》はお帰りになつたか、若旦那はと、これは小声に、まだと聞いて額に皺《しわ》を寄せぬ。

　石之助その夜はおとなしく、新年《はる》は明日よりの三ヶ日なりとも、我が家にて祝ふべきはずながらご存じの締《し》まりなし、堅《かた》くるしき袴《はかま》づれに挨拶《あいさつ》もめんだう、意見も実は聞きあきたり、親類の顔に美しきもなければ見たしと思ふ念もなく、裏屋の友だちがもとに今宵《こよひ》約束もござれば、一先《ひとまづ》お暇《いとま》としていづれ春永《はるなが》に頂戴《ちやうだい》の数々は願ひまする、折からおめでたき矢先、お歳暮《せいぼ》には何ほどくださりますかと、朝より寝込《ねこ》みて父の帰りを待ちしは此金《これ》なり、子は三《さん》界《がい》の首械《くびかせ》といへど、まこと放蕩《のら》を子に持つ親ばかり不幸なるはなし、切られぬ縁《えん》の血筋といへばあるほどの悪戯《いたづら》を尽《つ》くして瓦解《ぐわかい》の暁《あかつき》に落ちこむはこの淵《ふち》、知らぬと言ひても世間のゆるさねば、家の名をしく我が顔はづかしきに惜《を》しき倉庫《くら》をも開くぞかし、それを見込《みこ》みて石之助、今宵を期限の借金がござる、人の受けに立ちて判をしたるもあれば、花見のむしろに狂風一陣《きやうふういちぢん》、破落戸《ごろつき》仲

「これ」はお産をさす。

放蕩どの　石之助のこと。

恩愛の重きに引かれて　娘への愛情の重さに引かれて。

太公望　中国周の政治家。ここでは、釣《つ》り好きの人。

追羽子　羽根突《つ》き。

お針　針仕事を担当する女の奉公人《ほうこうにん》。

子細なし　問題ない。

かねて見おきし　以前から目にと

間にやるものをやらねばこの納まりむづかしく、我は詮方《せんかた》なけれどお名前に申しわけなしなどと、つまりは此金《これ》の欲《ほ》しと聞こえぬ。母はおほかたかかることと今朝よりの懸念《けねん》うたがひなく、幾金《いくら》とねだるか、ぬるき旦那どのの処置はがゆしと思へど、我も口にては勝ちがたき石之助の弁に、お峰を泣かせし今朝とは変はりて父が顔色いかにとばかり、折々見やる尻目《しりめ》おそろし、父は静かに金庫の間へ立ちしがやがて五十円束一つ持ち来て、これは貴様にやるではなし、まだ縁づかぬ妹《いもと》どもが不憫《ふびん》、姉が良人《をっと》の顔にもかかる、この山《やま》村《むら》は代々堅気《かたぎ》一方に正直律義《りちぎ》を真《ま》つ向《かう》にして、悪い風説《うはさ》を立てられたこともなきはずを、天魔《てんま》の生まれがはりか貴様といふ悪《わる》者のできて、無き余りの無分別に人の懐《ふところ》でもねらふやうにならば、恥《はぢ》は我が一代にとどまらず、重しといふとも身代は二の次、親兄弟に恥を見するな、貴様にいふとも甲斐《かひ》はなけれど尋常《なみなみ》ならば山村の若旦那とて、入らぬ世間に悪評もうけず、我が代はりの年礼《ねんれい》に少しの労をも助くるはずを、六十に近き親に泣きを見するは罰《ばち》あたりでなきか、子供の時には本の少しものぞいたやつ、なぜこれがわかりをら

めていた。

恵比須がほ　恵比須様のようなにこにこ顔。

今宵をしまへば　大晦日《おおみそか》の今晩の仕事を終えてしまえば。

蠟燭代　ここでは、車夫に与《あた》えた心付けのこと。

172

締まりなし　だらしがないこと。

袴づれ　袴姿で年始の挨《あい》拶《さつ》に来る連中。

意見　お説教。

ぬ、さあ行《ゆ》け、帰れ、何処《どこ》へでも帰れ、この家《や》に恥《はぢ》は見するなとて父は奥深《おく》く入りて、金は石之助が懐中《ふところ》に入りぬ。

……………………………………………

お母様ご機嫌《きげん》ようよい新年をお迎《むか》ひなされませ、左様《さやう》ならば参りますと、暇乞《いとまご》ひわざとうやうやしく、お峰下駄《げた》を直せ、お玄関《げんくわん》からお帰りではないお出かけだぞとづぶづぶしく大手を振《ふ》りて、行く先はいづこ、父がなみだは一夜《よ》の騒《さわ》ぎに夢とやならん、持つまじきは放蕩息子《のらむすこ》、持つまじきは放蕩《のら》を仕立つる継母《ままはは》ぞかし。塩花《しほばな》こそふらね跡《あと》は一まづ掃《は》き出して、若旦那《わかだんな》退散のよろこび、金は惜《を》しけれど見る目も憎《にく》ければ家に居《を》らぬは上々なり、どうすればあのやうに図太くなられるか、あの子を生んだ母《かか》さんの顔が見たい、とご新《しん》造《ぞ》例によつて毒舌をみがきぬ。お峰はこのできごともなんとして耳に入るべき、犯《をか》したる罪の恐《おそ》ろしさに、我か、人か、さつきの仕業《しわざ》は今更《いまさら》夢路をたどりて、おもへばこの事あらはれずして済むべきや、万が中なる一枚とても数ふれば目の前なるを、願ひの高に相応の員数《ゐんず》手近のところになくなりしと

子は三界の首械　親が子を思う心にひかされて、その自由を一生束縛《そくばく》されること。

あるほどの　あるだけすべての。

瓦解の暁に　身を持ち崩《くず》してしまったその果て。

人の受けに立ちて　人の借金の保証人になって。

花見のむしろ　花札賭博《とばく》のこと。

無き余りの無分別　無いにもほどがあるほどの無分別。

あらば、我にしても疑ひはいづこに向くべき、調べられなば何とせん、何といはん、言ひ抜《ぬ》けんは罪深し、白状せば伯父《をぢ》が上にもかかる、我が罪は覚悟《かくご》の上なれど物がたき伯父様にまで濡《ぬ》れ衣《ぎぬ》を着せて、干されぬは貧乏《びんぼふ》のならひ、かかることもするものと人の言ひはせぬか、悲しやなんとしたらよかろ、伯父様に疵《きず》のつかぬやう、我が身が頓死《とんし》する法はなきかと目はご新造が起居《たちゐ》にしたがひて、心はかけ硯《すずり》のもとにさまよひぬ。

大勘定《おほかんぢやう》とてこの夜あるほどの金をまとめて封印《ふういん》のことあり、ご新造それぞれと思ひ出して、懸《か》け硯に先ほど、屋根やの太郎《たらう》に貸付《かしつけ》のもどり彼金《あれ》が二十ござりました、お峰お峰、かけ硯をここへと奥《おく》の間より呼ばれて、もはやこの時わが命は無きもの、大旦那がお目通りにて始めよりのことを申し、ご新造が無情そのままに言うてのけ、術もなし法もなし正直は我が身の守り、逃《に》げもせず隠《かく》られもせず、欲かしらねど盗《ぬす》みましたと白状はしましよ、伯父様同腹《ひとつ》でなきだけをどこまでも陳《の》べて、聞かれずば甲斐《かひ》なしその場で舌かみ切つて死んだなら、命にかへて嘘《うそ》とは思《おぼ》しめすまじ、それほど度胸すわれど奥

年礼　年始の挨拶《あいさつ》。

174

づぶづぶしく　ずうずうしく。

塩花こそふらね　お清めのための塩こそふらないが。

願ひの高に…　願っていた金額と同じだけの金額。

伯父が上にも…　伯父にも疑いがかかる。

物がたき　真面目《まじめ》な。

封印　金を紙に包み、金額を上書きし

の間へ行く心は屠処《としょ》の羊なり。

……………………………………

お峰が引き出したるはただ二枚、残りは十八あるべきはずを、いかにしけん束のまま見えずとて底をかへして振《ふ》るへども甲斐《かひ》なし、怪《あや》しきは落ち散りし紙切れにいつしたためしか受取《うけとり》一通。

(引き出しの分も拝借致《いた》し候《さうらふ》　石之助)

さては放蕩《のら》かと人々顔を見合はせてお峰が詮議《せんぎ》はなかりき、孝の余徳は我知らず石之助の罪になりしか、いやいや知りてついでに冠《かぶ》りし罪かも知れず、さらば石之助はお峰が守り本尊なるべし、後《のち》のことしりたや。

て封じ目に印を押《お》すこと。

術もなし法もなし　「法術」は手段。何の方法もなく、の意。

伯父様同腹でなきだけを　伯父が共謀《きょうぼう》者でないことを。

176 屠処の羊　屠殺場にひかれて行く羊。死期が迫《せま》っていることのたとえ。

詮議　取り調べること。

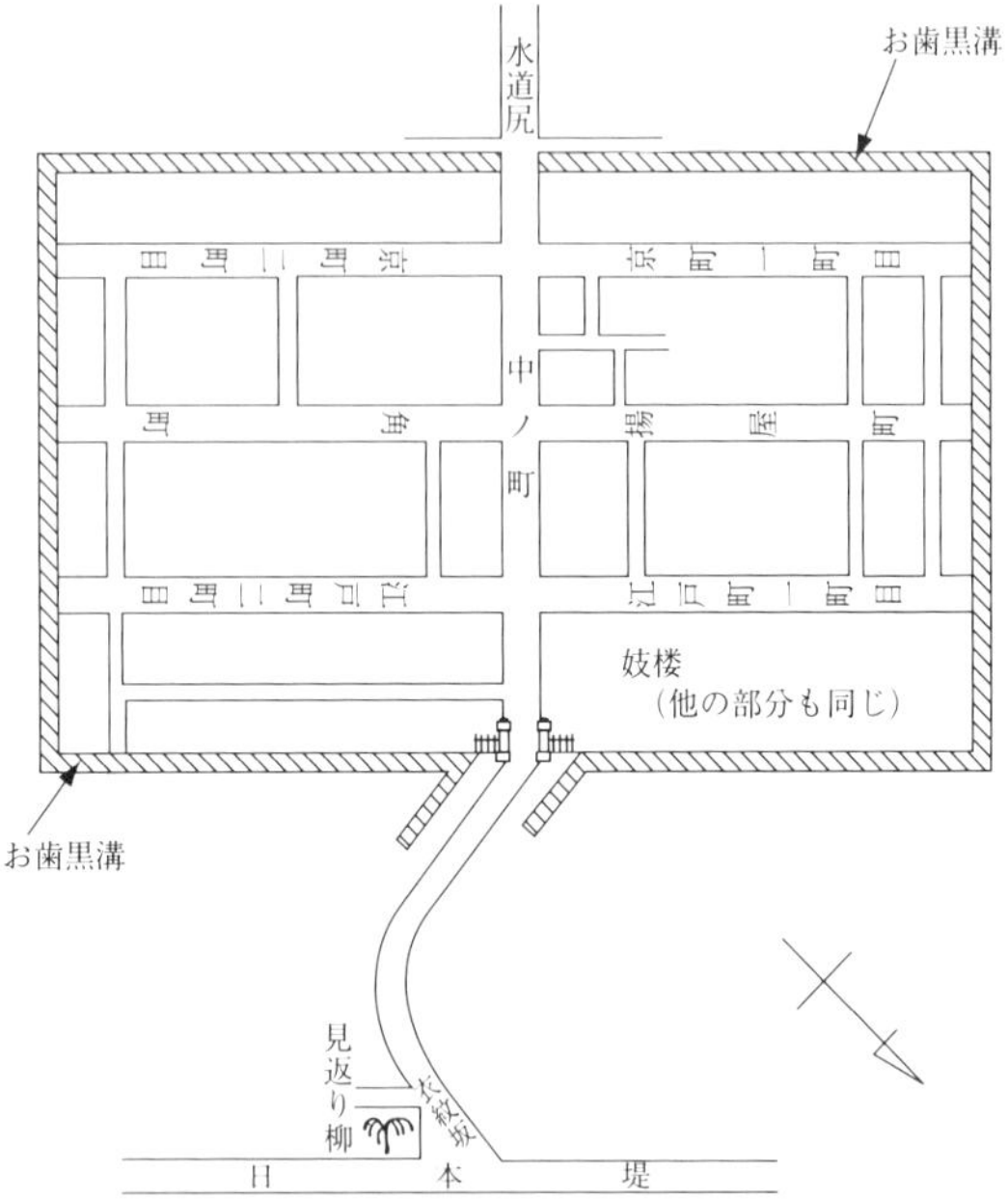

明治時代半ばごろの吉原遊廓概略図
『吉原細見記』（明治27年）より作成

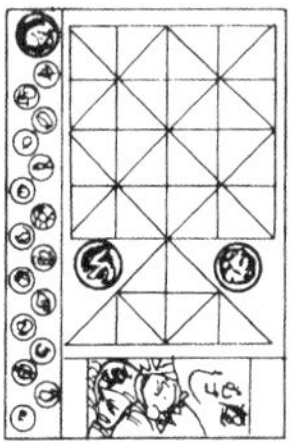

P 25　十六武蔵

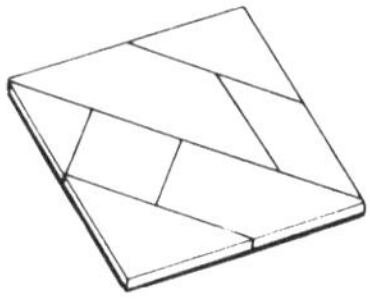

P 25　智恵の板

P 15　万灯

P 61　前壺

P 55　潜り

P 38　御神灯

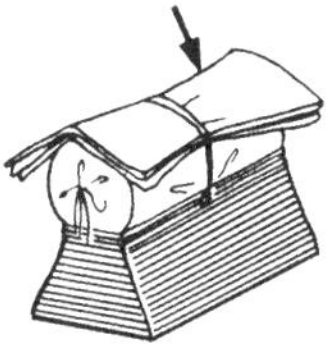

P 91　枕紙

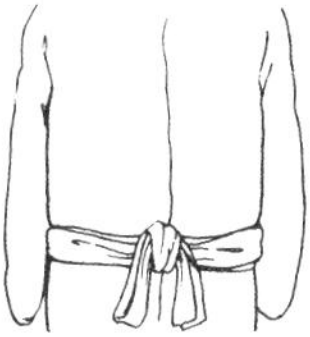

P 80　兵児帯

P 62　火のし

P 157　灰吹き

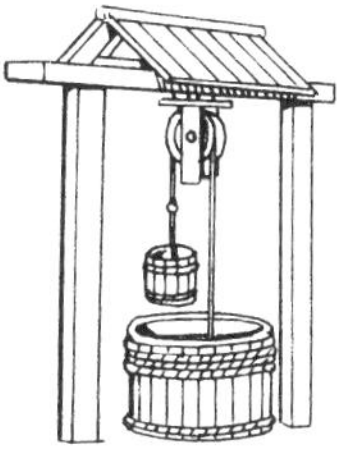

P 155　車井戸

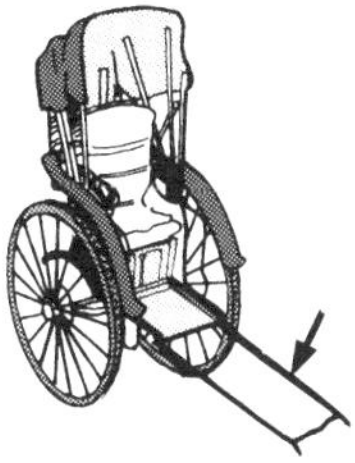

P 143　轅

解説

菅《かん》　聡《さと》子《こ》

　樋口一葉が二十四歳《さい》の若さで世を去ったのは明治二十九（一八九六）年。すでに百年以上が経過している。しかし、二十一世紀の現在においても、一葉が残した言葉はまったく古びることがない。彼女《かのじょ》が作家として作品を発表したのは、わずか四年あまりにすぎず、その代表作の数々は、そのうちのほぼ一年間に集中して執筆《しっぴつ》された。百年前の一人の若い女性の言葉が、なぜ現代を生きる私たちの心にこのように響《ひび》くのだろうか。彼女の言葉は、いったい何を語っているのだろう。

　樋口一葉は、明治五（一八七二）年三月二十五日（新暦《しんれき》五月二日）、東京府第二大区一小区（現・千代田区）内幸町《うちさいわいちょう》に生まれた。本名は奈津《なつ》（夏、夏子、なつ等の署名がある）。兄が二人、姉が一人、妹が一人の次女である。父則義《のりよし》と母たきは甲斐《かい》国山梨《やまなし》郡中萩原《なかはぎわら》村（現・山梨県塩山《えんざん》市中萩原）の出身で、結婚を反対されたため、駆《か》け落ちのかたちで故郷を捨て、江戸《えど》に出た。このとき、たきはすでに長女ふじを妊娠《にんしん》していた。二人はいわば、自由恋愛《れんあい》・自由結婚《けっこん》の実践者《じっせんしゃ》だったのである。その後、二人は努力と苦労を重ね、明治維新《いしん》の動乱を生き抜《ぬ》き、明治新政府のもと、則義は何とか下級官吏《かんり》としての職を手に入れた。二十四年間、その生活範囲《はんい》が現在の文京区・台東区《たいとう》にほぼ限られていた一葉に比べると、その両親の人生は、時代の激動と共にあった劇的《げき》なものであったと言える。そして、一葉にとっての最大のドラマは、彼女の内面で起こったのだった。

一葉と文学との本格的な出会いは、彼女《かのじょ》が十四歳《さい》のとき、歌人中島歌子《なかじまうたこ》の主宰《しゅさい》する歌塾《かじゅく》萩《はぎ》の舎《や》に入門したときに始まる。ここで彼女は、『古今《こきん》和歌集』や『源氏《げんじ》物語』などの日本古典を学んだ。一葉と同時期に文壇《ぶんだん》に登場する女性作家たちの多くは、最先端《さいせんたん》の近代的女子教育を受け、西洋文学やキリスト教思想などの新しい教養を身につけていた。そのことを考えると、一葉の文学的な教養の基盤《きばん》が日本古典にあったことは、彼女の作品の文体の特徴《とくちょう》を形作る、重要な要素であったと言える。そして、彼女の作品の多くが、後に紹介《しょうかい》するような「多声性」、すなわち、複数の人々の声が響《ひび》くような語りの形を備えているのは、日本古典の文脈にその源泉を持つ、その文体によるところが大きいのである。

文学の道を歩み出して間もなく、父則義《のりよし》が亡《な》くなった。その死以前から、樋口家は没落《ぼつらく》の一途《いっと》をたどっており、一家の生活は困窮《こんきゅう》しつつあったのだが、そのなかでの則義の死は決定的だった。父の死は、一葉の人生に最大の転機をもたらしたのである。長兄泉太郎《せんたろう》は若くして亡くなり、次兄虎之助《とらのすけ》はすでに家を出、また長女ふじは他家に嫁《とつ》いでいたので、一葉は樋口家の相続戸主《こしゅ》となっていた。と言っても、父が生きている間は名目上の戸主に過ぎなかった。しかし、父の死と同時に、一葉は名実ともに樋口家の戸主となり、母たきと妹邦子《くにこ》の生活の全責任を負うことになったのである。現代を生きる私たちからすると、この成り行きには理解しづらい点が多いだろう。たとえば、なぜ母親は、自ら働こうとはせず、まだ十七歳の娘《むすめ》に全面的に依存《いぞん》しようとするのだろうか。しかし、これが戸主になるということなのである。明治の家制度——家父長制的家族制度——は、男系長子相続を原則とし、家長（＝戸主。戸籍《こせき》の筆頭者。実質的には父が相当する場合が多い）は家の構成メンバーに対して、絶対的な権限を持った。同時に、家長は彼らの扶養《ふよう》の義務を負うのである。そして、職もない、学歴もない一葉が、このとき選び取ったのが「小説を書く」ということだったのである。

何とか生活を成り立たせようと、小説家の道を志した一葉は、当時『東京朝日新聞』の小説雑報記者であった半井桃水《なからいとうすい》に弟子《でし》入りした。桃水の尽力《じんりょく》で、明治二十五（一八九二）年三月、一葉は雑誌「武蔵野《むさしの》」に小説第一作『闇桜《やみざくら》』を発表した。二十歳のときである。以後、翌年にかけて六作品を発表した。だが、同時に萩の舎では桃水と一葉の関係が醜聞《しゅうぶん》としてささやかれ、中島歌子や友人伊東夏子《いとうなつこ》の忠告を聞き入れた一葉は、桃水との交際を断った。一方、生活はますます困窮をきわめ、その日その日をどう暮らすかもあやぶまれるような状態のなか、一葉は小説家としての本質的な問題、すなわち、自分はなぜ書くのか、という問いと向かい合っていた。苦悩《くのう》の末、一葉は思い切った転身を試みる。文学の道を離《はな》れ、小さな雑貨・駄菓子《だがし》屋を開くことにしたのである。その根本的な理由は、彼女が食べるために小説を書くこと、それ自体に強い疑問を抱《いだ》くようになったことにあった。

明治二十六（一八九三）年七月、一葉は母たき・妹邦子《くにこ》とともに下谷《したや》龍泉寺《りゅうせんじ》（現・台東区《たいとう》竜泉《りゅうせん》寺町《じ》）に転居した。この吉原遊廓《よしわらゆうかく》周辺の町で、一葉は社会の最下層を生きる人々や、遊廓で身を売る女性たちの姿を目の当《ま》たりにした。それは、生活は苦しくとも、社会的には中・上流階級の人々と交際していた一葉が、これまで一度も見たことのない明治社会の側面であった。結果として、この経験が彼女の文学に深い影響《えいきょう》を及《およ》ぼし、彼女の作品は、明治近代から疎外《そがい》されたり、抑圧《よくあつ》を受け苦悩《くのう》する人々の姿を陰翳《いんえい》深く描《えが》き出すことになるのである。

一葉は再び小説を書き始めた。店を閉め、本郷《ほんごう》の丸山福山町に移転した後、作家樋口一葉の充実《じゅうじつ》期が訪れる。その幕開けを告げる作品となったのが、明治二十七（一八九四）年十二月、「文学界」に発表した『大つごもり』であった。主人公は、十八歳《さい》のお峰《みね》。彼女が下女として奉公《ほうこう》に出ている資産家山村家と、親を亡《な》くした彼女《かのじょ》を我が子のように可愛《かわい》がって育ててくれた伯父《おじ》一家、今はおちぶれて裏長屋に住んでいる「正直安兵衛《やすべえ》」の一家とは、金銭を軸《じく》にして対極の位置関係にある。伯父一家にとっては、まさに一家の浮沈《ふちん》がかかっている「二円」の金は、山村家にとってはほとんど意識されないようなはした金に過ぎない。だが、このかけはなれた二つの家は、お峰を媒介《ばいかい》として、「大つごもり」の一日のドラマを形成する。そしてこの二つの家が対照されることによって、さまざまな問題が浮上《ふじょう》させられることになる。たとえば、山村家における長男石之助《いしのすけ》の存在が意味するもの。貧乏人たちに金をばらまく、という石之助の「放蕩《のら》」のあり方を通して、資産家山村家の欺瞞《ぎまん》や「家」の相続をめぐる家族たちの思惑《おもわく》が明らかにされる。一方で、伯父の金の無心によって誘発《ゆうはつ》されたお峰の「盗《ぬす》み」は、物語の外部の時間、すなわちお峰のこれからの人生が「罪」の自覚とともにあることを導く。また、石之助によってお峰の救済が果たされたかに見える結末も、物語の今後の時間を考えると単純にハッピーエンドではありえない。このようなお峰の苦悩を知らない伯父は、彼女の「前借り」が首尾《しゅび》よくいったのだと解釈《かいしゃく》するだろう。伯父一家の経済状態が持ち直す要因は、今のところ一つもない。とすれば、近い将来、伯父は再びお峰に金の無心をしてくるだろう。そのときお峰はどうしたらいいのだろうか。『大つごもり』は、金銭と人生をめぐるドラマを「大つごもり」の一日に見事に集約した作品である。

つづいて一葉は、明治二十八（一八九五）年一月から「文学界」に『たけくらべ』の連載《れんさい》を始めた。完結するのは翌年の一月である。どちらかと言えば短期決戦型の執筆《しっぴつ》スタイルである一葉にとって、このようなケースは他にない。『たけくらべ』の連載と並行《へいこう》して、彼女は明治社会を生きるさまざまな境遇《きょうぐう》の女性たちの姿を語り始めた。たとえば、『にごりえ』（「文芸倶楽部《くらぶ》」明治二十八・九）は、最下層の社会を「酌婦《しゃくふ》」として生きるお力《りき》が主人公である。「酌婦」というものの、その実体は、店に客を引き込み身を売る私娼《ししょう》なのだ。『たけくらべ』の舞台《ぶたい》は大音寺前《だいおんじ》、吉原遊廓周辺の町であった。政府の許可のもと女性たちが身を売る遊廓《ゆうかく》は、公娼《こうしょう》制度と呼ばれる。身を売る女性たちは、母・妻・娘《むすめ》として家父長制度の内部を生きる女性たちからは、侮蔑《ぶべつ》と憎悪《ぞうお》の視線を投げかけられる存在である。だが、同じ身を売る女性たちのなかにも、また公娼と私娼というさらなる差別があることを、『にごりえ』は描《えが》き出している。作中、お力《りき》は自らの生の意味を問う、深い苦悩《くのう》と向き合っている。しかし、そのような彼女《かのじょ》の内面は、彼女を「酌婦《しゃくふ》」という枠組《わくぐ》みによってのみとらえようとする周囲の人々からは理解されない。そのようないわば哲学《てつがく》的な苦悩は、「酌婦」にはふさわしくないものだからだ。お力の死が町の噂《うわさ》によって語られる結末は、最後まで彼女が自らを語る言葉を奪《うば》われ、決して一人の「個」としてではなく、他者による意味づけによってその存在が決定されてしまう女性であったことを示している。

『にごりえ』は、また同時にもう一人の女性の悲劇《ひげき》を描いていた。お力ゆえに身を持ち崩《くず》した源七《げんしち》の一家は、貧しい人々の住む長屋のなかでも、またさらに軽蔑《けいべつ》されるほどの極貧《ごくひん》のなかを暮らしている。源七の妻お初《はつ》は、まさに「妻」であることによって、かろうじて自らのアイデンティティを保っている。妻・お初と私娼・お力は、家父長制度の内部と外部を生きる、対照的な存在であるように見える。しかし、源七によって離縁《りえん》を宣告されたお初が、幼い太吉《たきち》を連れて生きていくには、自ら身を売る以外に道はない。「溝板《どぶいた》」に象徴《しょうちょう》される社会の「にごりえ」という空間で、妻と私娼はたやすくその位置を入れ替《か》える。このことは、女性という性が本質的に性的欲望の対象として意味づけられていることを語っている。

では、家父長制度のなかで安定した地位を得ている上流階級の妻たちは、お力やお初のような苦しみとは無縁だったのだろうか。『十三夜』（「文芸倶楽部」明治二十八・十二）は、高級官吏《かんり》原田《はらだ》勇《いさむ》の妻お関《せき》が、離縁を望んで実家に戻《もど》ってきた場面から始まる。お関はすでに長男太郎《たろう》をもうけ、原田家での妻としての地位は安定している。その幼い太郎を置き去りにしてまで実家へ帰ってきたお関の決心は、何度も考え直し、涙《なみだ》に暮れたあげくのものであった。にもかかわらず、結局お関が離縁を断念し、原田の元へ帰ることになるのはなぜなのだろうか。没落士族《ぼつらくしぞく》である斎藤《さいとう》家の再興の可能性は、お関の弟、つまり斎藤家の長男である亥之助《いのすけ》にかかっている。夜学に通いながら、立身出世の道を模索《もさく》する亥之助は、現在原田勇の口利《き》きでそれなりに安定した職を得、また上司にも眼《め》をかけられている。これが高級官吏である原田ゆえのものであることは、両親のみならず、お関にとっても明白な事実であった。斎藤家という「家」にとって、お関が存在意義を持つのは、「原田の妻」としてなのである。日々原田に虐待《ぎゃくたい》されているというお関の苦しみに、ともに涙しながら、しかし父親の説得の言葉は、冷酷《れいこく》な家の論理に貫《つらぬ》かれているのである。

さきにふれたように、『たけくらべ』を執筆しながら、一葉はさまざまな境遇《きょうぐう》の女性の苦悩を描いた。そして、『たけくらべ』の少女美登利《みどり》は、このような女性たちのいわば原点のような存在である。吉原遊廓《よしわらゆうかく》のなかでも大妓楼《ぎろう》である大黒屋《だいこくや》で養われている十四歳《さい》の美登利は、すでに将来の遊女であることが決定された存在である。しかし、彼女自身《かのじょ》はその意味を本質的には理解していない。自らの女性という性が持つ意味、遊女として男性たちの性的欲望の対象としてのみ生きねばならないという意味を彼女が知るのは、彼女が初潮を迎《むか》えたときであった。普通《ふつう》ならば、一人の少女の成長の過程としてとらえられる初潮という現象が、美登利《みどり》にとっては、性的欲望の対象として自らの身を切り売りして生きねばならない、これからの時間を決定づけるものなのである。そして『たけくらべ』は、まさに美登利の遊女としての生が決定したその瞬間《しゅんかん》に「怪《あや》しき笑顔《えがお》」を浮《う》かべる母親の姿を描《えが》き出している。その笑顔は、美登利の姉大巻《おおまき》が、すでに両親によって売られ、大黒屋《だいこく》でもっとも稼《かせ》ぎのいい華魁《おいらん》になっていることと無関係ではない。人々の噂《うわさ》と美登利の言葉によって語られるだけで、自ら作品の表面には登場しない大巻は、その言葉を奪《うば》われているように見える。しかし、『たけくらべ』の語りは、その文中に遊女のつとめの辛《つら》さを歌う新内節《しんないぶし》や端唄《はうた》などの一節を縦横無尽《むじん》に引用することで、無数の遊女たちの嘆《なげ》きの声を、多声的に響《ひび》かせている。

夏祭りを目前にした喧噪《けんそう》のなかで始まった『たけくらべ』は、「ある霜《しも》の朝」の別れの場面で幕を閉じる。将来の遊女である美登利と、僧侶《そうりょ》である信如《しんにょ》。二人の間には、決してこえることのできない断絶があった。『たけくらべ』はそれを、大黒屋の寮《りょう》の場面、「仮初《かりそ》めの格子門《こうしもん》」を隔《へだ》てた二人の姿に描き出している。申し訳程度の庇《ひさし》がついているに過ぎない「仮初めの格子門」。しかしそれは、決して開くことはない。別れの朝、格子門の外から差し入れられた「水仙《すいせん》の作り花」の「淋《さび》しく清き姿」に美登利は何を見ていたのであろうか。信如はどのような思いをこめたのだろうか。

明治社会のいろいろな場所で、制度や貧困による抑圧《よくあつ》を受けながらも、それぞれの生を懸命《けんめい》に生きようとする女性たちの姿を一葉は描き続けた。そのまなざしは、決して女性を特別視するようなものではない。『わかれ道』(「国民之友《こくみんのとも》」明治二十九・一)の吉三《きちぞう》や、『にごりえ』の源七《げんしち》、あるいは『たけくらべ』に登場する多くの子供たちがそうであったように、一葉のまなざしは、明治社会、すなわち〈近代〉から疎外《そがい》され苦悩《くのう》する多くの人々に等しくそそがれていた。その彼女の言葉を受けとり、現代を生きる私たち自身の生に生かすことが、百年前の一葉の言葉に対する、私たち読者の応答になるに違《ちが》いない。

樋口一葉 略年譜

西暦	年号	齢	文学活動	生活	社会の動き
一八七二	明治5			3月25日（太陽暦5月2日）、東京府第二大区一小区（現・千代田区）内幸町に生まれる	8月　学制発布
一八八三	明治16	11		12月　青海学校小学高等科第四級を一番で卒業。以後学校教育を受けなかった	
一八八六	明治19	14		8月　歌人中島歌子の歌塾萩の舎に入塾	
一八八七	明治20	15	1月、15日より最初の手記「身のふる衣　まきのいち」をつけ始める	12月　泉太郎、肺結核で死去	12月　保安条例
一八八九	明治22	17		7月　父則義病没。一葉、名実ともに戸主となる	2月　大日本帝国憲法発布
一八九一	明治24	19	4月、日記「若葉かけ」を記す。本格的日記の開始	4月　「東京朝日新聞」の小説記者半井桃水に小説指導を請う	5月　大津事件
一八九二	明治25	20	3月「闇桜」（「武蔵野」） 4月「別れ霜」（「改進新聞」） 11月「うもれ木」（「都の花」）	6月　中島歌子や伊東夏子の忠告に従い、桃水との交際を断つことにする	
一八九三	明治26	21	2月「暁月夜」（「都の花」） 3月「雪の日」（「文学界」）		3月　郡司成忠大尉ら千島探検に出発

			12月「琴の音」（「文学界」）	8月　下谷竜泉寺町で雑貨・駄菓子屋店を開業	6月　福島安正中佐単騎シベリア横断に成功
一八九四	明治27	22	2月「花ごもり」（「文学界」～5） 7月「やみ夜」（「文学界」～11） 12月「大つごもり」（「文学界」）	5月　商売を廃業後、本郷区丸山福山町四に転居	7月　日英通商航海条約 8月　日清戦争開戦
一八九五	明治28	23	1月「たけくらべ」（「文学界」～29・1） 4月「軒もる月」（「毎日新聞」） 5月「ゆく雲」（「太陽」） 8月「うつせみ」（「読売新聞」） 9月「にごりえ」（「文芸倶楽部」） 12月「十三夜」（「文芸倶楽部」）		4月　日清講和条約　独・仏・露三国干渉
一八九六	明治29	24	1月「この子」（「日本之家庭」）「わかれ道」（「国民之友」） 2月「裏紫」上（「新文壇」） 4月「たけくらべ」一括掲載（「文芸倶楽部」） 5月「われから」（「文芸倶楽部」）『通俗書簡文』（「日用百科全書」第十二編、博文館）	3月　このころから肺結核が進行 5月　斎藤緑雨、初来訪 7月　幸田露伴が初来訪。この月病勢進み、病床に就く 秋頃より危篤 11月23日、死去。25日、葬儀。法名は「智相院釈妙葉信女」	2月　明治女学校炎上 7月　日清通商航海条約調印

本物の想像力

藤《ふじ》沢《さわ》周《しゅう》（作家）

たとえば、現代国語の教科書に載《の》っている太宰治《だざいおさむ》。あるいは、名作全集に載っている夏目漱石《なつめそうせき》。中高生の皆《みな》さんは、おそらく安心して頁《ページ》を繰《く》り、いかにも健全かつ啓蒙《けいもう》的な小説として読んでいるのではないでしょうか？　本に添《そ》えられた文科省検定教科書や教育委員会推薦《すいせん》図書などというプリント文字が、何かお墨《すみ》付きのニュアンスを与《あた》え、学校も親御《おやご》さんも、安心して皆さんに「読みなさい、読みなさい」などというのです。

ですが、詩や小説などの文学は、じつは、それとはまったく対極の所にあるのです。むしろ、毒であり、悪であり、快楽であり、犯罪であり、官能であり……いえ、もっと正直にいいましょう。何の権威《けんい》も権力も恐《おそ》れない、真実でリアルな文章のことを、文学というのです。健全とも啓蒙とも、まったく逆の力を持った表現形態が文学というものなのです。

太宰治は確かに美しく切ない小説を書きましたが、純粋《じゅんすい》に読めば、優柔《ゆうじゅう》不断でグズグズした男の話が圧倒《あっとう》的に多い。文科省や教育委員会などが忌《い》み嫌《きら》う、非生産的な人間が数多く登場します。

ある意味、ダメ男の告白といってもいいでしょう。にもかかわらず、自己を解体し、その本質を徹《てっ》底《てい》的に探《さぐ》り、正確に描写《びょうしゃ》したからこそ、優《すぐ》れた文学として残ったのです。

夏目漱石《なつめそうせき》も同じように、エゴイズムについて苦悩《くのう》する主人公達を数多く書きました。どうしたら自らの欲望への執着《しゅうちゃく》を断《た》ち切れるか、というテーマを模索《もさく》しながら、友人を自殺に陥《おちい》らせるなどの物語も書きました。けれども、一人一人の人間の実存に深くメスを入れ、善悪というモラルよりも、何より、リアルに人間と世界を描《えが》こうとしたことが、漱石の文豪《ぶんごう》たるゆえんなのです。

そして、ここに、もう一人、既成《きせい》の価値観や権威《けんい》や桎梏《しっこく》にとらわれず、まっすぐ、クールに、人間を見つめて書いた作家がいます。太宰《だざい》や漱石よりも、さらに冷徹《れいてつ》な眼差《まなざ》しを持ち、残酷《ざんこく》さを内包していた作家といえるかも知れません。

樋口一葉《ひぐちいちよう》です。彼女《かのじょ》の文章は、美しい叙情《じょじょう》的擬古《ぎこ》文で、半封建《ほうけん》的な社会に生きた女性の姿を哀切《あいせつ》に描いたとされますが、それだけではない。作品の内奥《ないおう》に、ノワール（暗黒）的なニヒリズムがたえず静かに流れているのです。時代や社会があり、因襲《いんしゅう》があり、家があり、男女差別があり……人間を取り巻く様々な要素を描きながら、その世界の土台に横たわるヒヤリとした触感《しょっかん》の虚無《きょむ》を、一葉は熟知していました。

本書には収められていませんが、一葉の作品に「やみ夜」という短編があります。「たけくらべ」「にごりえ」「十三夜」なども、とても奥《おく》深く、素晴《すば》らしい作品ですが、私は、この「やみ夜」という作品に魅《み》せられ、現代語訳を試みたこともあります（『現代語訳樋口一葉　十三夜他』河出書房新社）。この「やみ夜」は、一葉の胸中に点《とも》る凍《こお》った炎《ほのお》が、青白く揺《ゆ》らめいている作品で、彼女の心の「やみ夜」も露《あら》わになった短編だと思っています。

話は、荒《あ》れ果てた広大な邸《やしき》に住む松川蘭《まつかわらん》という、世間《せけん》とまったく没交渉《ぼっこうしょう》の若い女が、男に復讐《ふくしゅう》をする物語です。蘭の父親は生前、波崎漂《なみざきただよう》という衆議院議員と水魚の交わりを結んでいて、やがて男を蘭の婿《むこ》に迎《むか》えるという約束も交《か》わしていました。ですが、波崎の策略《さくりゃく》か、父親は自殺という形で死に、蘭もまるで誠意を見せない男に対して憎悪《ぞうお》を募《つの》らせていくのです。亡《な》き父の志を継《つ》ぐために、自分に想《おも》いを寄せる青年を使って、かつての恋人である波崎を暗殺しようと企《たくら》む、というストーリー。プロット的には、むしろ現代のサスペンス物の方がはるかに面白《おもしろ》いかも知れませんが、何より、登場人物の呼吸まで捉《とら》えたような人間観察が、どの文章にも底光りしているのです。こんな文章があります。

「女は素直でやさしければ事足りる。なまなか人よりすぐれた気性《きしょう》は、幸運に恵まれたときはいいとしても、浮世《うきよ》の波風逆境に立ち、ふた筋《すじ》のわかれ道を前に不運のひと煽《あお》りを受ければ炎《ほのお》あらぬ方向に燃え上がり、そんな時は釈迦《しゃか》や孔子《こうし》が両手を取ってご意見されても『ご意見はおやめください。聞かぬ聞かぬ』と顔をそむけ、その目には涙《なみだ》が光るもの。これを零《こぼ》すまいとしている姿を、浮世では強情《ごうじょう》我慢《がまん》というのである」（『現代語訳樋口一葉　十三夜他』）

さらりと書いているようで、本質を衝《つ》いた文章です。まるで、あなたの彼女《かのじょ》のようでもあり、また彼氏《かれし》のようでもあり。そして、一葉はその後、「恐《おそ》ろしきは涙の後《のち》の女子心《をんなごころ》なり」という身震《みぶる》いするようなフレーズをポンと置くのです。泣き果てた後の女の人には、失うものなどなく、それこそ権威《けんい》や地位や道徳や成績や、そんなものは取るに足らぬものです。すべての肩書《かたが》きもポーズも見栄《みえ》も脱《ぬ》ぎ捨てた、剝《む》き身の実存があるばかりで、その者が見る世界こそがリアルで、また、善悪や聖俗《せいぞく》を超《こ》えた次元にあるものだということをも意味しているのです。

おそらく、この主人公だけではなく、一葉自身が、封建時代の名残《なごり》がある時代に生きながら、お仕着《しき》せの価値観を絶えず疑い、本物とは何か、本当の幸福とは何か、生きるとは何かを、徹底《てってい》的に考え、そして、直感的に見抜《みぬ》いて、表現していたのだと思います。それは女性に関《かか》わるものばかりでなく、男達が作った理不尽《りふじん》な世界を逆照射し、えぐり出してみせるということでもあります。

一葉作品にまぶされた毒や悪や快楽や罪は、既成《きせい》の常識から見ればの話であって、一葉作品こそが本物、リアルといえるのではないでしょうか。いや、そう断言してもいいと私は思います。私達は学校や親からの教えや友達との会話やテレビなどの情報から、いつのまにか想像力や観察力や表現力を限定されてしまっていて、思考の線路が敷《し》かれていることさえ気づかないことも多いのです。

常識や権力などの死角を衝《つ》くための想像力、本物を感じるための想像力、それらを教えてくれるのが、太宰《だざい》や漱石《そうせき》など数多くの名作文学であり、樋口一葉の文学なのです。

付記

一、本書本文の底本には、『樋口一葉全集』第一・二巻（一九七四年初版、筑摩書房刊）を用いました。必要に応じて、既刊全集等の諸本を参照し、菅聡子の判断によって本文を確定したところもあります。

二、本書本文中には、今日の人権意識に照らして、不適当な表現が用いられていますが、原文の歴史性を考慮してそのままとしました。

三、本書本文の表記は、このシリーズ文語文作品の表記の方針に従って、次のようにしました。

㈠ 仮名遣いは歴史的仮名遣いとする。

㈡ 使用漢字は、常用漢字および人名漢字については、いわゆる新字体を用いる。（他は、康熙字典体を原則とする）

㈢ 送り仮名は、現代の送り仮名のつけ方に準じる。

㈣ 読者の便宜のため、次のような原則で、読み仮名をつける。

① 小学校で学習する漢字の音訓以外の漢字の読み方には、すべて読み仮名をつける。

② 右にかかわらず誤読のおそれのあるもの、読み方の難しい語には読み仮名をつける。

③ 読み仮名は、見開きページごとに初出の箇所につける。ただし、主要な登場人物の名前については、章ごとの初出の箇所につけることを原則とする。

《監　修》
浅井　清　　（お茶の水女子大学名誉教授）
黒井千次　　（作家・日本文芸家協会理事長）

《資料提供》
日本近代文学館

たけくらべ・にごりえほか　　読んでおきたい日本の名作

2003年9月12日　初版第1刷発行

著　者　樋口《ひぐち》　一葉《いちよう》
発行者　小林　一光
発行所　教育出版株式会社
〒101-0051　東京都千代田区神田神保町2-10
電話　(03)3238-6965　FAX　(03)3238-6999
URL　http://www.kyoiku-shuppan.co.jp/

ISBN 4-316-80033-7　C0393
Printed in Japan　印刷：藤原印刷　製本：上島製本
●落丁・乱丁本はお取替いたします。

読んでおきたい日本の名作

●第三回配本

『たけくらべ・にごりえほか』 樋口一葉Ⅰ　注・解説 菅聡子　エッセイ 藤沢周

『どんぐりと山猫・雪渡りほか』 宮沢賢治Ⅱ　注・解説 宮澤健太郎　エッセイ おーなり由子

『夢酔独言』 勝小吉　注・解説 速水博司　エッセイ 尾崎秀樹

●次回 第四回配本

『雁・カズイスチカ』 森鷗外Ⅱ　注・解説 古郡康人　エッセイ 川村湊

『独歩吟・武蔵野ほか』 国木田独歩Ⅰ　注・解説 佐藤勝　エッセイ 阿部昭

『春琴抄・蘆刈』 谷崎潤一郎　注・解説 宮内淳子　エッセイ 四方田犬彦

●好評既刊

『宮沢賢治詩集』 宮沢賢治Ⅰ　注・解説 大塚常樹　エッセイ 岸本葉子

『最後の一句・山椒大夫ほか』 森鷗外Ⅰ　注・解説 大塚美保　エッセイ 中沢けい

『現代日本の開化ほか』 夏目漱石Ⅰ　注・解説 石井和夫　エッセイ 清水良典

『羅生門・鼻・芋粥ほか』 芥川龍之介Ⅰ　注・解説 浅野洋　エッセイ 北村薫

『デンマルク国の話ほか』 内村鑑三　注・解説 今高義也　エッセイ 富岡幸一郎

『萩原朔太郎詩集』 萩原朔太郎　注・解説 堤玄太　エッセイ 香山リカ

『山月記・李陵ほか』 中島敦　注・解説 佐々木充　エッセイ 増田みず子

『照葉狂言・夜行巡査ほか』 泉鏡花Ⅰ　注・解説 秋山稔　エッセイ 角田光代